觉醒 3

混乱终结

[法] 让-巴蒂斯特·德帕纳菲厄　著
曹加瓦　译

GUANGXI NORMAL UNIVERSITY PRESS
广西师范大学出版社
·桂林·

HUNLUAN ZHONGJIE

出版统筹：汤文辉　　　　　　责任编辑：霍　芳
质量总监：李茂军　　　　　　助理编辑：屈荔婷
选题策划：郭晓晨　张立飞　　美术编辑：蒙海星
版权联络：郭晓晨　张立飞　　　　　　　刘冬敏
责任技编：郭　鹏　　　　　　营销编辑：宋婷婷

L'Éveil – Stade 3
Author : Jean-Baptiste De Panafieu
Illustrator: Léonard Dupond

著作权合同登记号桂图登字：20-2021-310 号

图书在版编目（CIP）数据

觉醒. 3，混乱终结 /（法）让-巴蒂斯特·德帕纳菲厄著；曹加瓦译. —桂林：广西师范大学出版社，2022.4
ISBN 978-7-5598-4605-1

Ⅰ. ①觉… Ⅱ. ①让… ②曹… Ⅲ. ①儿童小说－幻想小说－法国－现代 Ⅳ. ①I565.84

中国版本图书馆 CIP 数据核字（2022）第 007324 号

广西师范大学出版社出版发行
（广西桂林市五里店路 9 号　邮政编码：541004
网址：http://www.bbtpress.com）
出版人：黄轩庄
全国新华书店经销
北京盛通印刷股份有限公司印刷
（北京经济技术开发区经海三路 18 号　邮政编码：100176）
开本：880 mm × 1 240 mm　1/32
印张：5.5　　字数：95 千字
2022 年 4 月第 1 版　　2022 年 4 月第 1 次印刷
定价：33.00 元

前情提要

生物学家劳拉·古皮研制的人造病毒从实验室泄漏，造成了周边动物感染。该病毒能使哺乳动物和鸟类觉醒，即促进其智力发展。

三个好朋友——阿莉雅、克莱芒和劳拉的弟弟加布里埃尔，渐渐注意到了自己的宠物身上发生的变化，他们的宠物分别是一只叫蒙田的灰鹦鹉、一只叫小疙瘩的狗、一只叫糖糖的猫。阿莉雅发明并制造出翻译器，帮助人类与动物交流。

渐渐地，其他动物也觉醒了。觉醒后，老鼠们建立了地下社会，乌鸦们也在首领查理的领导下形成了组织。猪、牛、马、鸡等家畜也相继感染病毒……最后，大批野生动物也觉醒了。

跨国农产食品加工企业沃夫公司的董事长保罗·杰弗森试图根治该传染病，以免自己的企业遭受灭顶之灾。他的助手豹惠和他的手下劫持了劳拉，将她带到了美国，强迫她研制逆病毒。加布里埃尔、阿莉雅、克莱芒、糖糖、小疙瘩和蒙田为了寻找劳拉，乘坐货轮横渡大西洋来到美国。历经艰险，这几个年轻人和他们的宠物朋友成功地救出了劳拉，同时阻止了狼群和熊群之间一触即发的战争。

杰弗森的前保镖加里非常欣赏这群年轻人，在他的帮助下，一行人乘坐雪球号帆船踏上了返回欧洲的旅程，途中他们偶遇了觉醒的虎鲸，还受到了觉醒的大王鱿的攻击。他们回到家后，却收到了令人不安的信息，信息的来源似乎是海洋安全机构。

目　　录

第一章　五　月

《环球报》线上日报，5 月 16 日

宪法专家佩尔德罗律师认为，鉴于只有成年公民才拥有投票权，“投票权不适用于 18 岁以下的未成年人，这就从事实上排除了大部分家畜”。因为大部分狗和猫的寿命达不到 18 岁，所以它们并不能享有投票权。然而不久前某动物保护主义网站刊登的消息似乎表明，佩尔德罗律师获得了知名跨国农产食品加工企业沃夫公司的大量资助。这一说法如被证实，佩尔德罗律师以上论点的说服力必然会大幅下降。此外，上述观点只涉及寿命较短的动物，并没有包括黑猩猩，以及其他大量寿命通常可以超过 18 年的物种。

黑猩猩的觉醒

其他黑猩猩已经等了我好几星期了。它们说我花的时间比较长，还说我比它们要慢。它们认为这是个好兆头，这意味着我能比它们走得更远。比它们走得更远？或许是这样的，因为它们谁都没有提出那些萦绕在我脑海中的问题：我们为什么发生了变化？这种变化是如何产生的？

我之前是这个部落的首领，但现在我也不清楚自己算不算首领了。我不知道是否应该像之前那样，通过展示武力、镇压反对者、安抚支持者来巩固自己的地位。

我现在想要别的东西了。其他黑猩猩也是，它们似乎期待我能展现出新鲜的东西。它们希望我使用手势指挥。我回忆起了那些手势，甚至包括那些我以前既不理解也不会使用的手势。现在，我希望以这种方式来表达自我，来描绘我认为对于部落有益的事物，来传达其他黑猩猩需要遵从的命令。

没错，就是这样。其他黑猩猩在等着我来告诉它们应该做什么，以及它们的将来会是什么样的。它们希望我为它们指明道路。我以前其实也是这么做的，只不过当时我并没有意识到。但是现在一切都不一样了。我现在所思考的不仅仅是这一天，甚至也不仅仅是当下，我在思考未来，而且我能通过手势把自己的想法表达出来。其他更重要的问题也随之浮现：面对这样的未来，我们要怎么做？在这片狭小的土地上我们能够取得什么成就呢？

其他黑猩猩早就完成了觉醒，而我花了更多的时间，我就像树上的果实一般逐渐成熟。要想吸收全部精华，就要有足够的耐心。

*

我以前没有意识到，但现在发现他们确实并非我们的同类。他们和我们不一样。他们在水的另一边打量我们。他们的胳膊和腿都很光滑，几乎没有毛发，但他们脑袋上的毛发似乎还没有停止生长。他们身体的其他部分是什么样的呢？他们的身体以奇怪的方式被一些据说叫“衣服”的东西包裹着。有些黑猩猩认为他们是我们逝去的祖先，我们应该对这些鬼魂心怀敬畏。我不相信这些毫无根据的传言。

他看起来像是专门给我们送食物的，一点儿也不像鬼魂。他很友好，并不要求我们用其他东西换取他手中的食物，他甚至还会边做手势边和我说话。他对我说，他是人类。人类是一种猿类动物，就像我们黑猩猩或者狒狒一样。但人类也是一种不同的猿类动物，就像我们自己也和狒狒有区别一样。

这里还有不会说话的昆虫和鱼。会说话的包括从天上飞来的鸟，长得像狒狒却没有手的狗，还有猴子。所有猴子都有手。

为什么那些手臂上不长毛的人类和我们之间隔着一片水域呢?

为什么他们身上穿着衣服?为什么他们拥有的东西比我们这里的更有意思?当他们离开这里的时候，他们又去了哪里呢?我回忆起之前曾和饲养我们的人一起在有轮子的箱子里旅行过。我的记忆有些模糊，但是我知道这个世界比我们的领地更广阔、更精彩。这个世界上有黑猩猩的领地、大猩猩的领地、狒狒的领地，还有一些其他的小领地。在水的另一边，还有一片广大的领地属于那些手臂上不长毛的人类。

为什么他们能拥有那片极其富饶、多彩的土地，而我们却被困于这一方小小的陆地，受限于环绕的水域，不能离开半步?我觉得这种差异是不公平的，这个世界是不公平的。以前我从没这么想过，但是现在我意识到了这一点。

这或许是我的同类期待我做的。它们期待我能带领它们走出现有的狭小而贫瘠的领地，到外面更广阔的世界占据一席之地。它们希望我们黑猩猩一族可以与那些手臂上不长毛的人类平起平坐。或许还应该把眼光放得更长远些?与其加入他们，我们不如直接取而代之？

*

我于三天前觉醒了。

亚当不高兴，甚至可以说非常生气。

据它了解，迭戈成功地弄到了一枚海上交管的徽章，并且利用这枚徽章制造了一场亚当习以为常的愚蠢闹剧。这事早晚要发生。从岛上可以看到动物园的员工在显示屏前埋头工作，他们的工作看起来很有吸引力，这必然会吸引迭戈及其同伴，包括山姆、鲍勃、托尼和诺顿，此外戴安娜和卡拉也参与了这次行动。

鲍勃比其他同伴要更谨慎一些，它根据监控屏幕确认，靠岸的是雪球号。而迭戈那个蠢货，不仅没有热情欢迎船上的航海者，反而还吓到了他们。但是亚当和它的笨蛋朋友们知道，船员是它们计划中不可或缺的一部分。它应该立刻走到码头去和他们交谈。在漫长的航行之后，他们肯定要为再次起航做准备，不会马上下船。它或许还来得及弥补。

亚当穿上了梅尔万昨天晚上落在机房的运动衫。在兜帽的遮掩下，它可以避免引起别人的注意。中心的小型卡车停放在停车场里，钥匙就放在遮阳板后。它从来没开过车，但这看起来没什么难的。他们去实验室的时候，它仔细观察过梅尔万开车的动作。亚当坐到方向盘前，边咒骂迭戈边发动了汽车。

亚当应该坚定且冷静地提醒迭戈，尤其不应该刺激它。迭戈有时候很危险，特别是当它和同伴在一起感到安全的时候。迭戈和它的同伴以后一定会派上用场，它们在健身房里花的时间开始显现成效了。

亚当应该和佐伊讨论一下。它很喜欢佐伊，佐伊往往能提供很好的建议。或者和露西商量一下。它能够利用这个机会与露西和解。自从它和露西的哥哥阿贝尔吵架后，露西就和它显得疏远了。它也可以把情况告诉佐伊，让佐伊劝说自己的侄女。不，这不是个好主意。这可能会使它和露西的关系复杂化。好吧，它的思绪又偏离了主题……它真正需要尽快解决的唯一问题是迭戈……怎样才能阻止它一意孤行呢？

劳拉和她的同伴在雪球号上遭遇虎鲸和抹香鲸的同时，缅因州的熊继续进行着它们的计划。狗和劳拉提出的观点启发了它们，它们就如何解决物种间关系的问题进行了思考。它们巩固了和浣熊的关系，并且决定，在水果和它们喜爱的食物之外，如果能够捕获足够的鲑鱼、昆虫等小型猎物，它们将不再狩猎驯鹿和驼鹿。

从草原到森林，再到洞穴深处，它们取得的成功被广泛讨论。这段事迹也传播到了沿海地带，这让海豹和海鸥都非常高兴。后者向所有愿意倾听的动物讲述了它们在这段故事中所扮演的角色。它们甚至认为自己是整个事件的起源，因为是它们把劳拉·古皮的故事讲给了母熊格劳恩。而且它们还充满兴趣地跟进了黑熊的军事行动，以及解救人类女孩儿的行动。海岸上，消息在被海浪冲上沙滩的海洋动物尸体的周围传播着。浣熊和乌鸦喜欢这种气味强烈的食物，而且非常享受通过散播或多或少被扭曲了的信息获得关注。

因此，老海鸥曳翱和它的同伴仅仅在几天后就知道了这些事。当它们得知熊群和从西部来的狼群之间差点爆发战争时，害怕得直发抖，而后充分认可了来自人类和狗的干预，是他们化解了这场冲突，将损失降到了最低。然而很多动物对这场冲突的结果并不是很满意，特别是食草动物，它们其实更希望掠食者能够自相残杀。不过它们也承认，这样一场战争并不足以使所有掠食者就此消失，动物之间依然存在待解决的问题，而黑熊为寻求解决方案做出的努力是值得称赞的。不过尽管它们的行为具有重要意义，被突出强调的并不是它们在事件中扮演的角色，而是劳拉·古皮。

鉴于狗和人类的亲近关系，以及它们为猎人提供的帮助，和劳拉·古皮一起介入该事件的狗并没有获得太多来自野生动物的赞许。在描述冲突的过程时，熊和狼几乎都自动忽略了狗为调停双方做出的努力，它们更倾向于突出劳拉·古皮的参与。她的人类身份反而为她增添了一道光环，因为她不仅帮助动物们觉醒了，还站在它们一方，向它们展示了更为和谐的共存理念。

在故事的传播过程中，每一位讲述者都会按照自己的喜好添油加醋，适时补充各种细节以满足听众，尤其是当讲述者本身所属的物种——例如熊或浣熊，出现在故事中时。但在所有演绎版本中，同一个角色盖过了其他所有角色的风头，那就是劳拉·古皮。许多野生动物生性喜欢奇幻，在它们眼中，她的行为几乎染上了超自然的色彩。

在海鸥间流传的故事版本中，劳拉·古皮是一位强大、出色的女英雄，她能和熊还有鸟类进行交流，她身边跟着一只巨大的灰鹰和两只觉醒了的狮鹫。谁也不知道狮鹫到底是什么，但是夜帝的朋友科瓦蒂建议使用这个名词。在和夜帝相识之前，它曾在一个公园生活过，记住了公园里人类母亲们讲给孩子的那些故事。因此，年轻的浣熊希望赋予朋友夜帝一个特殊的身份，掩盖它是犬类的事实，以此来强调它们之间的友谊。虽然这个名词包含了它的这些情感，但这仅仅是一个小细节。故事的核心是劳拉·古皮的非凡事迹，她以一己之力阻止了一场动物自相残杀的战争，并且引导已觉醒的动物们去捍卫自身权利。在给出指导性的建议后，她踏上了横渡大洋的返乡之旅，将在故乡帮助更多的动物觉醒，带领它们过上更好的生活。

海鸥们被这史诗般的故事折服，它们因自己为这波澜壮阔的冒险做出了贡献而喜不自禁，因此也积极参与故事的传播。故事很快就传到了它们欧洲表亲的耳朵里，这群表亲几个月前飞越大西洋，特意来提醒它们眼前的危险。它们没有收到关于返程的指示，迅速地适应了和之前环境相差无几的新环境。它们已经忘记了之前传递的消息的细节，但是隐约觉得现在听到的故事或许和那个消息有关，因为说的还是关于劳拉·古皮的事情。它们认为应该通知它们的首领。

一天早上，一小群海鸥向着欧洲出发了。它们并不是唯一出发的队伍。所有在雪球号上方飞行的海鸟都知道这艘帆船及其船员的重要性。当帆船被虎鲸包围时，它们曾担心了一阵子，但是很快又因形势的转变而松了一口气。早在雪球号上的人们看到法国海岸线之前，从沼泽到森林，从养殖场到动物园，劳拉·古皮的传奇故事已经在欧洲的动物群体中广为流传了。

当帆船驶入港口时，加里已经找到了专供过往船只使用的浮桥。这艘船上的人现在已经完全适应了海上生活，他们准确无误地完成了所有靠岸操作。几个年轻人很享受最后几天风平浪静、晴空万里的航海旅程，但也很高兴回到了陆地上。离开雪球号意味着远离海洋的危险，远离极具侵略性的虎鲸部队，远离从深海巢穴中骤然浮出的狂暴怪兽。至于那通来自埃泰勒海上监测及救援区域运营中心的奇怪通话，他们没有收到进一步的通话，在靠岸的激动心情中，就把这件事忘到了脑后。

他们刚把船停好，劳拉和克莱芒就前往港务局进行船只登记了。他们想要汇报了解到的鲸类的计划，向航海者发出他们认为有益的警告。这栋办公大楼是对公众开放的，但是办公室里看起来空无一人。他们在那里等了一会儿，正准备离开的时候，看到一个穿制服的男人向他们走来："你们好，很抱歉让你们久等了。我在办公室里什么也听不到，大家应该是去吃早餐了，这段时间这里不是很忙。"

男人向他们伸出手，继续道："我是阿兰·莫霍克少校，乐意为你们效劳。请问我能为你们做点什么？"

"我们是从亚速尔群岛来的……呃，我们其实是从美国来的，途经亚速尔群岛。我们想给我们的帆船租一个泊位，还想向您汇报……"

少校打断了他们的话："你们横渡了大西洋？你们途中没有遇到麻烦？来，到我的办公室去，把公海现在的情形讲给我听。"

他们落座后，把过去几周的经历一一道来。少校倾听了他们的讲述，再次开口："我对这一切并不感到惊讶。除了大鱿鱼，这件事意味着我们可能会面对比鲸类更难以预料的动物。你们关于虎鲸和鲸鱼的叙述与我们过去几周的观察一致，形势急转直下。目前货轮、游轮和帆船还没有受到影响，但是大部分渔民已经不愿意出海了。有几艘拖网渔船失踪了，看起来与虎鲸有关，或许抹香鲸也脱不了干系，但我们缺少信息。海鸥的干扰使无人机根本无法起飞，而水手从货轮驾驶台的上方根本观察不到任何异常。"

"那您打算如何解决这个问题呢？"劳拉问道。

"我不知道。这是高层在讨论的问题，高层指的是海军参谋长那个级别的人。"

克莱芒插话道："要保护出海者，但也不能彻底消灭鲸类呀……"

少校忧心忡忡地看着他："我唯一知道的是，海军正在探索一切可能性。或许是为船队提供更好的保护，或许是用水下扬声器干扰鲸类的声呐、打乱它们的组织。但是不排除军事反击。"

离开港务局时，劳拉和克莱芒都极度震惊。他们有预感，在事态进一步恶化、大型船只受到威胁之前，政府希望能尽快解决问题。如果贸易因此受到影响，在经济利益面前，鲸类的命运就无足轻重了。

"我会联系在动物解放团体工作的朋友，看看他们是否能提供更多信息。"克莱芒说。

"动物解放团体？"劳拉并没有真正关注过弟弟的朋友所参加的活动。

"就是那个致力于解放动物的组织。他们应该能获得一些国际支持。"

在美国森林的游历使雪球号的成员看到了黑熊展现的决

心，随后在横渡大西洋的航行中，他们遭遇了虎鲸的准军事化组织。他们近距离观察到了某些动物觉醒的后果，但事实上，他们的视角仅局限于全球的某个角落。

在全球范围内，动物们抵抗捕猎者，阻止自然环境和生存资源被破坏。因此，它们与附近的人类或进入被它们视为现有领地的人类形成了直接对立关系，只是人类没有意识到。

西伯利亚的原油输送管道泄漏造成了冻土污染，被激怒的当地熊群关闭了闸门，而后破坏了数个开采点。在澳大利亚，袋鼠和骆驼、野马联手，封锁了通往铀矿和稀有金属矿的道路，因为开采活动导致了大面积土壤贫瘠化。在中非，森林中的动物消灭了偷猎者，缴获了他们的武器，并且阻止当地农民及游客等进入国家公园。

有时动物们会获得动物保护主义积极分子的帮助，得到一部分人的支持，但是当自身利益受到损害时，大部分人的反应都比较偏激。他们放弃了过去几十年中好不容易建立的动物保护措施，试图消灭这些碍事的动物，尽管它们已经觉醒，但是在这些人眼中它们是无关紧要的。他们四处寻求军队的帮助，而后者为了保护人类的生活空间，会毫不犹豫地屠杀遇到的动物。

野生动物们对世界的认知非常有限，并且没有多少获取信息的途径。它们甚至从来没有接触过“地球”这个概念，也不了解人类对地球的系统性开发。在对世界不甚了解的情况下，它们很难理解鸟类或其他迁徙动物传递的消息。由于缺乏战略眼光，它们的反抗注定会以失败告终。

工业化国家的情形则大不相同。在那些国家，野生动物数量减少了，家畜却数量庞大。饲养者做出了诸多努力，还是没能控制住病毒的蔓延。虽然某些家畜品种表现出对该病毒的免疫性，但是饲养业还是受到了冲击。动物园的饲养员们也曾试图阻止病毒入侵，却是徒劳。一旦一只动物觉醒了，它就会致力于让其他动物也从中获益。

无论是动物园的动物还是家畜，它们都很容易接触到媒体和互联网。伴随着觉醒，它们大致了解到自己在地球上的处境和地位。这些知识激发了很多觉醒后的动物探索世界的欲望。这种探索欲的强烈程度因物种而异。那些仍然生活在牢笼中的动物陷入沮丧，因为它们的探索欲无法得到满足。

这个冬天发生的事情一件接一件，令人应接不暇，以至于加布里埃尔、阿莉雅和克莱芒完全忘记了在他们不得不抛下一切，出发去寻找劳拉之前，把他们从狼群中拯救出来的大象。

在女族长索菲的带领下，这群动物园前寄居者终于到达了地中海。在那里，它们意识到自己找不到能够承载它们前往目的地非洲的船。而那两匹陪它们前来的马——加拉泰和阿马德里亚斯，也大失所望。它们从鸟儿那里听说的动物社会并不存在，在沿海地带似乎谁也没听说过有那么一个动物社会。

动物们聚在了一起。动物解放团体的积极分子继续为它们提供帮助，将它们带到了一片开阔的空地，使得它们在决定下一步行动之前可以有个安稳的落脚点。这里就是卡马尔格，在大象赶走了狼群之后，克莱芒曾提到过这个地区。这里牛羊成群，自从这些牛羊觉醒后，它们以前的主人就把它们留在了这里。它们以曾经的自然公园为据点，不断寻找新的牧场，但是没有建立任何特殊的组织形式。

由于海平面上升，该地区变了样。海岸线和三角洲地带河流支流的分布发生了改变。湿地在平原上大面积延伸，面积随洪水和干旱而增减。尽管建造了新的堤坝，这片地区的不稳定性还是迫使当地多个村庄的人类居民放弃在这里生活，大片蚊子的侵扰使得游客也远离了这里。

对大象们来说，这里是恰到好处的避风港，高草草原可以为它们提供充足的食物，这样它们就不必依赖人类的供给。它们渐渐接受了留在欧洲的选择。两匹马加入了这里的动物群体。但是索菲不愿满足于现状，这种生活或许是自由自在的，却过于平淡无奇。这个地方看起来很适合建立它理想中的那个动物社会——一个面向所有觉醒动物的共和国，所有物种生活在一起。索菲知道它们将面临无数难题，但它相信它们这个群体有能力构建动物国度的核心。

它设想了从老虎到羚羊所有个体自由的保障制度，思考了像老鼠和大象这般差异巨大的生物间的平等问题，并且开始草拟必要的或合适的社会结构框架。但很快，它意识到身为大象，自己的决定可能会有所偏袒，为了从不同的角度看问题，其他动物也应该在场。它把这个计划暂时搁置，决定等所有物种聚集到一起之后再继续。

在内部讨论之后，大象将它们的计划讲给了居住在当地的其他动物。一些马表达了对该计划的担忧，并且详细描述了它们可能面临的所有新危险。加拉泰和阿马德里亚斯很高兴可以用吃草和奔跑之外的事情来填满一天的日程，最终它们成功地说服了这些同类。牛要求给它们一些思考的时间，不过在它们眼里，大象提出的计划非常深奥，像是经过了深思熟虑的。

最后，大象们呼吁建立动物共和国。它们召集了生活在附近的鸟，包括火烈鸟、鹭、好几种鸭子，以及所有觉醒的小型雀类。大象向它们解释了自己的计划，并且委托它们传播消息：卡马尔格欢迎所有动物，这里将建立与它们的新生活相适应的社会。大象们知道这条消息会被鸟类修改或歪曲，但是它们认为这样能快速地将消息传达给大量的动物，甚至包括远方的动物。

小疙瘩和夜帝下了船，到浮桥上活动四肢。蒙田飞往坐落于港湾另一边的悬崖上的海鸥聚居地去搜集情报。糖糖在睡觉。其他人都在进行大扫除，这在长时间的航行后是非常必要的。加布里埃尔降下了主帆，准备把它堆放在驾驶舱的一个箱子里，并没有注意到停在浮桥上面离船不远的小型卡车。

但是当司机从车里下来时，他的怪异举止吸引了加布里埃尔的目光。那个人个子极其矮小，似乎患有严重的疾病……不，事实并非如此。当对方摘掉兜帽后，加布里埃尔发现那是一只猿类动物，一只黑猩猩。它并不是碰巧出现在这里的。那只黑猩猩朝着帆船这边走来。

它行动时四脚着地，但是在到达船首时，它立起身子，做了个手势，仿佛在和加布里埃尔打招呼。加布里埃尔立刻做出了回应，同时努力抑制着心里那个嘲笑自己为什么向一只猿类动物打招呼的声音。他招呼还在休息室里忙活的朋友们：“快来看呀，有客人来访。”

小疙瘩和夜帝察觉到新的气味，走了过来。加里走出驾驶舱，跳到了浮桥上，其他船员都跟在他身后。出于谨慎，糖糖留在了甲板上。

黑猩猩站在船员们面前，转向了加里，目不转睛地注视着他。它用右手做出了一系列手势，先是把手平放在嘴前，大拇指分开，然后向前移动手掌。接着，它用食指指着自己，用右手的两根手指敲打了两下左手，然后挥动所有的手指。它的动作太快了，大家完全跟不上它。它还发出了一些很像黑猩猩平时会发出的声音。它的发音比普通黑猩猩的发音更复杂。大家是第一次遇到觉醒的猿类动物，他们无法理解这些声音想要表达的意思。

亚当意识到他们无法理解自己。它对此并不惊讶。只有在动物园工作的人类才熟悉它所掌握的猿类语言。它知道该怎么解决这个问题，和游客相处时它经常遇到同样的问题。它又做了一个像是在写字的新动作。两个男性还是没有说话，但是年龄较大的那个女性脸上露出喜色。她爬下梯子走进船舱，不一会儿重新上来，手里拿着一个本子和一支笔。亚当接过本子，把它放在浮桥上，然后开始写字。糖糖仔细地观察着它，简直入了迷："要是我也有大拇指就好了……"

黑猩猩以奇怪的姿势拿着笔，但还是看得出来它进行过练习。虽然它的技巧并不熟练，但这是大家见到的第一个会写字的动物。

亚当转向戴着一个小翻译器的猫。黑猩猩不喜欢猫科动物。豹子是类人猿的宿敌。虽然它从来没有和豹子正面交锋过，但是它能想起用于指代豹子的本能叫声。尽管这只猫看起来很温和，但在亚当看来它也是小豹子的一种，无害却不讨喜。不过它应该放下成见，因为这只猫可能会在它的计划中发挥作用。

它写完后把纸递给它觉得像是男性首领的人，至少他是这几个人中最年长的那个。但是那个人摇了摇头，把纸递给了女性领导者："我看不懂写的是什么。"

它猜测是劳拉·古皮的女性辨认出了它写的内容："它写的是：我是亚当，我明来。等。"

"我不想留在这里，"阿莉雅说，"我想尽快回家。"

黑猩猩又拿起本子写道："明说。等。"它又做了一个手势。小疙瘩认为有必要翻译一下："它说再见。"

它拉下兜帽，再次四脚着地爬上梯子，接着钻进小型货车，发动了汽车。

在游艇上，保罗・杰弗森控制不住地想象着最坏的结果。他在船上从来无法放松，因为他不喜欢大海，甚至害怕大海。每当他想到他和黑暗的深海之间仅仅隔了薄薄一层船体，就直打冷战，后背都被汗水浸透了。有关虎鲸和抹香鲸劫掠者的故事令他焦虑极了，更别提关于凶猛的海洋怪物觉醒的传言了。

飞机不在考虑范围内。飞机虽然可以从美国起飞，在欧洲着陆却十分危险。鸟类已经造成了好几起惨剧。虽说不是所有机场都有鸟类，但是它们会突然蹿出来，撞进发动机里。人类根本无法提前预知它们的出现。由于风险太高，目前只有军方在采取充分防御措施的情况下，还在使用飞机。

海上的情况并不理想，但是船员说他们能在三天内渡海，绝无任何风险。游艇的航速为五十节，就算虎鲸和抹香鲸以最快速度前进，还是能够甩掉它们的。此外，工程师们还在船体上安装了大功率的超声扩音器，可以干扰鲸类，因为它们就是凭借声波定位障碍物和猎物的。杰弗森完全不想扮演猎物的角色，只希望船员们的乐观预期不要落空。无论如何，他没有别的选择。他原本计划派助手来，自己安安稳稳地留在美国，但欧洲有太多的事情需要处理，欧洲是这一切事件的发源地。

和她的老板截然不同，豹惠充分享受着待在船上的每一分钟。她想起虎鲸，甚至会露出一抹笑容，仿佛很期待这些杰出的捕猎者追逐游艇时带来的刺激。可惜她一只虎鲸都没有见到。虎鲸们忙着针对拖网渔船，甚至没有发现这艘船，而且就算发现了，也无法对他们做什么。

当游艇靠近英吉利海峡时，保罗·杰弗森把豹惠叫到他的小客厅，他把客厅里的窗帘都拉上了，这样就不会被外面的海浪刺激到。“船长说我们晚上就能到。我们一上岸就分头行动，同时开展两项行动，一刻都不能耽误。”

“两项行动？”豹惠问，不明白老板是什么意思，“您的意思是，我们一方面和已觉醒的动物就贸易协定展开谈判，另一方面继续寻找解药，让动物们回归觉醒前的状态？”

“当然不是。您说服了我，我们再也无法回到以前了。如果当初那个姓古皮的小姑娘配合一些，我们还是有可能成功的，但是现在已经太迟了。病毒已经大范围扩散，无法抑制了。尽管目前动物的觉醒对我们的公司而言是一场灾难，但是我们的处境依然有改善的可能。为此，我们要沿着两条不同的道路进行探索。我知道，用老鼠保护农场的建议并没有说服您，您还是对自己征服野生动物新市场的想法更感兴趣。”

杰弗森并不因此怀疑他的助手，因为他深知豹惠所做的一切都是为了沃夫公司的利益。他从子公司收到的所有报告显示，现在还有未觉醒的奶牛，尤其是那些特殊的品种，例如经过大量筛选，提高了产奶量的奶牛。这些奶牛在基因上和它们处于野生状态的祖先有所不同。它们当中很多都对觉醒病毒免疫，保持了正常状态，至少是保持了奶牛的正常状态。

因此，畜牧场可以继续保留，但是觉醒还带来了别的麻烦。很多养殖者放弃了相关经营，因为他们难以区分哪些动物觉醒了，哪些动物没有觉醒。其中猪非常具有代表性，出于某种无法得知的原因，猪会尽可能掩盖自己觉醒的事实。而奶牛就算觉醒了，也还是一如既往，像是在沉思一般，因此，至少在一段时间内，它们的状态变化很难被察觉。首先，对于养殖者来说，把已觉醒的动物送到屠宰场是不可想象的；其次，肉类的消费大幅减少，那些保证牛排或羊后腿来自未觉醒动物的证明很难获得消费者的信任。

简而言之，大部分养殖场濒临破产。杰弗森希望重新整合沃夫公司的运营，如果能在欧洲取得成功，那么就有了在全世界重振企业的根基。因为包括受影响最严重的国家在内，各地面临的问题是一样的。在航行期间，他反复思考了自己的计划，此时他把计划讲给了豹惠：“我决定建立一座由动物自己运营的示范农场。觉醒的动物会是非常划算的劳动力，它们比人工便宜很多。”

“但是它们凭什么为我们工作呢？”

“您肯定还记得我们在得克萨斯州做的，当时奶牛帮我们确认了被宰杀的动物都是未觉醒的。我们将利用同样的手段，和它们展开小范围的合作。如果奶牛不配合，那它们就得自生自灭。没有人再为它们提供食物、照料、住处……它们生活的方方面面都需要我们的帮助。它们如果不愿意合作，那就离开。不要让我再听到关于这些反叛奶牛的事情。我只想与未觉醒的动物和愿意为了生存而劳动的觉醒动物打交道！”

“它们要怎么管理养殖场呢？它们的蹄子可什么都拿不了。”

“确实如此，但它们的舌头很灵活。它们可以利用这个器官操作配有与它们形态相适应的仪表盘的自动化设施。如果奶牛不合适，我们就去找猪。”

“但最精细的操作还是需要手……”

“这就是为什么需要和小型觉醒动物联手。正如我们法国子公司的总经理拉缪罗先生向我建议的，老鼠能够灵活地操控小物件。乌鸦同样也很灵巧。这两个物种的觉醒令人叹为观止。”

豹惠说出了自己的看法："没错，您之前和我说过这个，但我还是认为这是难以实现的。我不确定那些老鼠是否值得信任。至于乌鸦，不久前它们还试图杀死我们。"

"意见不合总好过战争，"杰弗森引用格言说道，"无论如何，我已经让拉缪罗去帮我们寻找觉醒后的这两种动物了。我鼓励他去寻找那些致使民航飞机无法起飞的乌鸦。它们非常有组织性。根据它们对飞机进行干扰的时间推断，它们应该就生活在病毒发源地附近。"

"之后总会有时间细化行动方案的，我们或许可以略过这些有害的动物。"豹惠说，和老鼠交流这件事令她反感，"但是您提出的由牲畜自己运作农场的主意非常有吸引力，应该可以和我们的第二项方案结合在一起。"

听了这话，杰弗森不明所以地挑起眉毛。

"您知道，我准备和野生动物联系。欧洲食肉动物的危险性不亚于缅因州的食肉动物，但是数量太少了，因此在力量上并不占优势。它们每天都面临着严峻的灭绝危机。所以我认为，如果我们能为它们提供帮助，它们会更好说话。我看看怎么让它们成为依赖我们公司产品的消费者。我也会研究它们能为我们带来什么回报。我们可以建议它们放弃狩猎，选择被人类驯养。我确信它们会成为优秀的工头……"

第一章　五　月

同所有猿类动物群岛的居民一样，亚当从出生起就生活在囚笼中。在觉醒之前，它几乎不了解除了黑猩猩岛之外的任何地方。每种猿类动物都拥有各自的岛屿领地，岛屿和陆地之间被水道隔开。黑猩猩不会游泳，它们甚至害怕走进水里。而那些敢于尝试的黑猩猩会撞上岛屿对面沿着水道修建的矮墙。因此它们根本不可能从岛上逃出来。

在这座主题明确的动物园里，人类游客可以选择在增高的步行桥上徒步观察猿类动物，或者在湖中坐船以获得更丰富、更近距离的视角来观察这些群居动物的活动。

饲养员没能阻止病毒在猿类动物中传播。首先觉醒的亚当是在食用它捕获的鸟时被感染的。通过撕咬和亲吻，它渐渐使整个聚居地的黑猩猩都觉醒了。一开始是无意识的，但是在它明白了原理后，就是完全有意识的行为了。

饲养员认为尽管黑猩猩们获得了新的能力，猿类动物还是会惧怕穿过水域。黑猩猩族群的雄性首领亚当决定证明自己的勇气。觉醒之后，其他雄性黑猩猩开始质疑亚当的统治权，这让它无法忍受。它把一段用来玩耍的树干扔进水里，一只手紧紧抓住树干，另一只手用力地在水中拍打。它是在夜晚行动的。在满月的照耀下，它到达了停放着桨划船和脚踏船的小沙滩。它划着船回到岛上，把船藏在小岛一侧高高的水草里。现在，它可以随心所欲地往来于聚居地和陆地之间了。饲养员发现丢了一条船，却归咎于那些不够谨慎的游客，以为那艘船沉到了湖里的某个地方。

猿类动物非常善于观察。观察动物园里用于游览展示的电子屏幕，它们很快就了解了这种设备的厉害之处。亚当几次前往附近的村子夜游，偷了几部设备，随后这几部设备在黑猩猩和其他物种间被不停地使用。它们了解到了外面的世界。在这个远比它们此前想象的更广阔的世界里，它们不是唯一觉醒的动物。它们也意识到自己的运气并不像想象的那么好。它们拥有不错的待遇，但是它们没有自由。它们觉醒后发现自己是囚徒！

猿类动物群岛坐落于沿海地带，银鸥曾多次来到这里。这种健谈的鸟类会从黑猩猩的口粮中分走几粒食物，作为交换，它们会和黑猩猩聊聊外面世界发生的事情。在它们讲述的所有故事中，有一个是关于大象呼吁建立动物共和国的。猿类对这个自由的社群充满兴趣，它们开始思考怎么才能加入其中。它们当然可以从自己的岛上逃跑，但是它们很快就会被抓回来，届时这里会受到更严密的监控。群岛间流传着一些关于觉醒后的动物落入陷阱、毫无预兆地被屠宰的可怕故事。这些都阻止了它们不假思索地开启冒险之旅。要想彻底逃离这个并不令人满意的环境，它们必须做好充分准备。

对亚当而言，很明显，这些群岛上的小聚居地居民并不足以实现它脑海中萌发的计划。它知道去哪里寻找盟友——动物园。

负责把首领的信息传达给乌鸦和其他动物的查理之声卧在它的巢里。它在孵蛋。

它不会，或者说不能——它也不知道这两者有没有区别——拒绝查理的示爱，现在它要孵四只浅蓝色的蛋，这是它一个接一个生下的。它还得像这样静卧三个星期，什么也不能做。它知道查理忙于制订征服计划、组织鸟类军队，不会来管它。它当然会从其他雄性或雌性乌鸦那里得到一点儿帮助。它们偶尔会给它带来吃的，但是它们自己也都忙于孵蛋。

查理鼓励生育的政策在如火如荼地展开。它鼓励自己的部队重拾天性，也就是不假思索地生育。但是它们现在都觉醒了，对此产生了疑问，开始质疑曾经的做法。它们必须遵循传统，还是对自己的行为有选择权？它们的天性必须优先考虑吗？尽管对首领绝对服从，查理之声还是参与了年轻乌鸦之间的讨论。如今，它被打发来孵蛋，就像觉醒前它的母亲所做的那样……也像之前它父亲所做的。查理并不遵守它自己制定的规则。它本来应该参与孵蛋的，但是它选择摆脱乌鸦的天性，谁也不敢指出它的自相矛盾之处。

查理之声的思维顺着危险的方向展开了。乌鸦群体已经发现批评首领是一件非常冒险的事情。一旦某只乌鸦没能完成自己的任务，或者某只乌鸦针对首领接连颁布的命令提出反对意见，就会立刻受到惩罚。查理会派出一支由椋鸟组成的小队，处死这些无能者、反对者或倒霉的家伙。

不过形势也没有那么黑暗。所有乌鸦都能填饱肚子，远离天敌。至于查理提出的那些方案，也有振奋人心的部分。几个月前乌鸦就解放了大面积的领空。像大部分的客机一样，无人机和直升机都无法起飞。秃鹫、鹰隼和猫头鹰都被清除了，鸽子和麻雀也一样。当然，椋鸟被允许飞行，因为它们是查理军队的主力。另外，海鸥群体也得以保留，因为它们证明了自己是可靠而高效的盟友。

一只海鸥还为它们带来了惊人的消息。那个引发了觉醒并且可能剥夺它们觉醒状态的年轻的人类女子回来了。之前飞越大海的海鸥准确地传达了来自乌鸦的消息，通知美国的动物对她进行追踪，但是之后事情的发展好像超出了预料。她不仅没有研制出解药，还帮助了已经觉醒的动物。她甚至成了它们的英雄！

查理之声的思绪再一次偏离了正题。思绪回到查理身上，它不知道查理会如何把这些情报和战略结合在一起。无论如何，在做出指示之前，查理不会和任何人讨论这些，它们只需要毫无异议地遵从它的命令就可以了。

查理之声不满地叫了一声，然后烦闷地卧在蛋上睡着了。

某动物行为学实验室的研究组曾开展过一个研究项目，亚当是参与其中的三只黑猩猩之一。这些动物行为学专家对猿类的发声能力很感兴趣，他们研究了小猴子和类人猿的发声，想要知道它们是仅仅凭本能发出声音还是在使用语言。但是猿类动物在日常生活中自然展现的并不能代表它们真正的能力。因此，这些动物行为学家便试着教黑猩猩使用人类的语言。当然不是人类的口语，因为猿类不具备与人类完全一样的发声器官，而是手语。因此，三只年轻的黑猩猩被训练使用聋哑人的手语。到该项目因资金短缺而终止时，它们记住了数百个词语，并且能够组织短句。成年之后，这三只黑猩猩不再使用这种在整个族群中只有它们掌握的语言，只保留了它们所学的几个手势。

在觉醒后，它们本能地捡起了这门语言，并且随着病毒的蔓延，它们开始把这门语言教给所有的灵长类动物。它们还是会发出平时的声音，但是更多的是为了辅助手势。山魈和狒狒没有耐心学习这门语言，其他大部分物种甚至没有理解这种语言的用处。它们满足于使用本能发音构成的有声语言。不过黑猩猩发现，能够使用人类语言为它们带来了特别的声望，尽管能理解这种语言的动物少之又少。

就像动物园里的很多动物一样，它们能大致理解饲养员和游客对它们说的话，但它们的身体结构并不比狗或猫更适合使用人类的口语。它们使用独特的声音，通过改变节奏和声音高低来表达意思。黑猩猩们就是用这种方式和其他灵长类动物交流的，后者是亚当宏伟计划中重要的一环。而在它们当中，山魈是最活跃，也是最危险的。在人类眼里，它们有着滑稽的一面。亚当经常见游客嘲笑它们的面孔和它们蓝色的屁股。它们身上鲜艳的色彩看起来不像真的，就好像是为演出化了妆一样。当山魈打哈欠时，会露出堪比狮子的牙齿的恐怖獠牙。

觉醒之后，山魈很享受吓唬人类的乐趣。经常会有一只体型庞大的雄性山魈走到水边，假装要穿过水道。游客就会不由自主地往后退，瞬间忘了自己是安全的。现在发出嘲笑的一方变成了山魈，这让它们很高兴。

山魈的族群中有五只雄性、十几只雌性，还有几只幼崽。迭戈是它们的雄性首领，作为首领，它享有比亚当在黑猩猩族群中更大的权力。迭戈严格地管理着自己的后宫，其他雄性山魈则毫不犹豫地服从它的命令。在黑猩猩当中，亚当也有着类似的地位，但是它会用更温和的手段确立自己的权威。当事态过于紧张时，它能够与其他黑猩猩进行商议，做出一些让步。在迭戈面前，亚当的重量和体力都占优势。但山魈多疑且易怒，即便在力量对比上处于弱势，它们也会毫不犹豫地猛烈撕咬对手。

在老鼠的族群中，根据世系的不同，它们的觉醒已经延续到了第四或第五代。现在出生的小老鼠的父母、祖父母和曾祖父母都是出生时就已经觉醒了。这对目前为止已经同质化的老鼠种群的基因构成产生了影响。但是真正颠覆老鼠社会的变革不是基因的改变，而是教育。出生不久，小老鼠就由身体不再灵活、不再参加族群外出觅食活动的年长老鼠负责教育——觉醒的小老鼠从它们觉醒的长辈那里接受教育！

由于老鼠会在其出生三四个月后成年，这期间的教育显然仅限于最基本的信息：它们将会遇到的危险，已知的食物来源，还有最重要的，它们开发的声音交流方式。它们一点儿一点儿地拓展和增强对世界的认知。在还没有意识到的时候，老鼠们就开始创造自己的文化了。虽然这种文化还很粗浅，但它必然会被一代又一代老鼠扩展和深化。老鼠的文化进化很可能会比它们之前经历的生物进化更为迅速。

随着食物资源渐渐枯竭、仓库的监管越来越严格，这个族群的老鼠无法再突破人类设置的屏障。更糟糕的是，它们与其他老鼠族群的冲突越来越频繁。

老鼠族群的运作还发生了其他变化。原来朴素、平等的社会被等级更森严的组织结构取代了。代表着鼠群精英的一小部分善于思考的老鼠变成了统治阶级，它们让自己的孩子享用着它们积累的资源。它们在之前语言的基础上又创造了第二种语言，但是统治阶级以外的老鼠都不懂这第二种语言。

资源匮乏，社会不公，年轻一代受到了更好的教育，混合了多种问题的局势一触即发。无须其他催化，令族群统治者非常忧虑的新现象出现了：年轻的老鼠开始讨论其长辈做出的选择的合理性。并不是所有老鼠都意识到了这里面的不平等，意识到的老鼠也并非全都对此感到不满。有些老鼠认为这是不可避免的，是老鼠天性导致的必然结果，但是有些老鼠认为现状是不可接受的，它们渴望公平。老鼠中的富有者推崇个人主义，同时，相反的思潮在反抗者中涌现。

多亏了频繁到访群岛的海鸥，猿类了解到了它们所经历的变化的背景。故事的来龙去脉让它们感到震惊。觉醒原来是劳拉·古皮工作的成果，这个年轻的人类女子研发了造成这场传染病的微生物。在离开了几个月后，她又要回来继续自己的工作了。她在一艘名为雪球号的帆船上。这艘船很快就要靠岸了。同行的还有其他人，他们也很关心觉醒动物的命运。

亚当听得很认真。自从觉醒以来一直萦绕在它脑海中的问题终于有了突破口。既然它的计划需要和人类合作，为什么不和劳拉·古皮联系呢？它不知道船什么时候会在哪里靠岸，也不知道这整个故事是否真实。但是如果这是真的，那么劳拉·古皮正是它所需要的那个人。

它需要一些帮助才能在群岛以外的地方行动自如。它已经确定了几个主要动物园的位置，这些动物园里有着数量最多的猿类族群和食草动物族群。要想潜入这些动物园，它需要花费数月的时间，同时还往往面临着被抓回岛上再次监禁的风险。此外，它还可能遇到沟通障碍。如果亚当采用与其他动物交流的方法，进而劝说它们加入自己的计划，那就太浪费时间了。它可以设法弄到一台翻译器，在游客停止参观猿类动物之前，它曾看到过他们使用这种仪器，但它不确定这样是否就足够了。至于手语，在群岛动物园以外的地方基本没有用武之地。不过如果亚当能说服人类为它提供帮助，那事情就简单多了。

几周以后，山魈给了它掌握主动权的机会。在动物园不再接纳游客的这段时间里，山魈也对周围环境展开了探索。它们来到了离湖不远的埃泰勒海上监测及救援区域运营中心大楼。透过窗户，它们对里面工作人员的活动进行了长时间的观察，并且明白了这是一个负责监控海洋空间的海洋安全机构。因此，它们策划了一起入侵行动。这仅仅是一场闹剧，还是一次出于恶意的行动？亚当不清楚。总之，它们从某辆停放在外面的汽车里偷了一张卡，进入了某个房间。它们长长的尖牙和尖锐的叫声足以吓得工作人员四散逃窜。而后，它们占据了人类的工作站，通过使用从某只狗或猫那里偷来的翻译器，向屏幕上可见的船只发送了信息。巧的是，它们遇上的正是雪球号。

克莱芒蹲在驾驶舱里，用一只大刷子擦洗着柚木制的长椅，余光捕捉到一团黑影从浮桥映射到甲板室上。是亚当，这次它没有戴兜帽，身边还跟着一个年轻人。那个年轻人说自己叫梅尔万，是猿类动物群岛的饲养员。

外面下着小雨，人类和黑猩猩在休息室里围着桌子坐了下来。两条狗、糖糖和蒙田也来了。亚当重复了一遍第一次见面时做过的一系列动作。

“你们好，我叫亚当。”梅尔万翻译道。

船上的成员一个接一个地做了自我介绍。梅尔万解释说，自己这次是作为亚当的手语翻译陪同前来。自从亚当觉醒后，他常常和它交流。并且在亚当的要求下，他还开始教它写字。

亚当首先表示，劳拉·古皮在她本人到达前就已声名远扬，所有动物都迫不及待地想要见到她。船员们都惊讶地看着亚当。

“您的意思是群岛的猿类听说过劳拉？”糖糖问，它依然佩戴着翻译器。

“不仅仅是猿类，还有海鸥、大象和其他很多动物。”亚当回答。

“但这怎么可能……”加布里埃尔疑惑不解。

“让它说下去，我们最后会弄明白的。”劳拉打断道。

“谢谢，劳拉·古皮，”亚当说，“海鸥向我们讲述了您在美洲的经历。我能向您保证，这里的所有动物都对您的所作所为充满感激。但这并非我来到这里的原因。”

而后它描述了猿类和其他被关在动物园中的物种的生存状况：“以前，我们的认知仅限于那片狭小的封闭空间。我们出生在那里，对外面的世界一无所知。但是现在，我们不满足于此了。我们没有犯罪，却像是生活在监狱中。而且这种情况不只出现在群岛动物园，且不说世界的其他地方，仅在法国就有成千上万的动物处于监禁中，其中很大一部分是已觉醒的动物。各位都去过动物园，想想那些犀牛、牛羚、长颈鹿、老虎、袋鼠……还有猿类！”

亚当的手势越来越快。梅尔万全神贯注地翻译着，以免跟不上亚当的速度。黑猩猩停顿了一下，然后继续道：“我们没有理由一直被监禁着。我们想成为自己生活的主宰者。我们要解放动物园里的动物，至少是那些觉醒的动物，这部分动物的数量极其庞大。”

加布里埃尔看向梅尔万，扬起了眉毛，仿佛在询问他的意见。

“没错，亚当所描述的情况很接近现实。但是我们不能放任所有动物都自由行动。这对人类很危险……对动物自己也很危险。”

亚当似乎对被打断感到非常不满。它摇摇头：“当然不是让所有动物分散到四面八方。你们人类这样剥削和消耗自然，我们动物已经没有什么生存空间了。你们夺取了我们的森林和草原。或者应该说，你们从我们的祖先那里夺走了这些。因此关于我们目前的生存状况，你们是负有责任的。你们不能再像我们觉醒之前那样，一旦你们认为我们的数量过多，就把我们处理掉。”

“那我们要怎么帮助你们呢？”黑猩猩所说的深深地触动了阿莉雅。

“你们需要帮我们在动物园间建立交流网络。我们应该联合起来，形成一个压力集团，就像你们人类想要获得某样东西时所做的。我们数量越多，就越容易取得满意的结果。另外，我们听说了居住在法国南部的大象发出的号召。”

“大象……你们觉得会是索菲和它的族群吗？”克莱芒

提问。

“我不知道，或许是，”亚当继续道，“总之它们决定建立动物共和国，号召所有已觉醒的动物加入它们。这条信息的真实性得到了验证，我们通过动物和人类的多种渠道获得了该消息。”

“没错，”梅尔万插话道，“我的朋友们也和我说了，他们亲眼见过那些大象。它们定居在卡马尔格。那片区域基本已经无人居住了，数百平方千米的草原、森林和沼泽中一直生活着马和奶牛……现在大象也生活在那里。”

“那片区域能为十万只大型食草动物提供食物，有鱼和昆虫供食肉动物捕食。那里对我们这些黑猩猩来说并不理想，因为我们不喜欢水，但是卡马尔格看起来会是一个好的起点。然后，我们再研究怎么……”亚当猛地刹住话头。它本来想说，接下来它们要研究怎么扩张领土，但是又不想吓到这些年轻的人类，从而失去他们的支持。于是它换了种说法：“研究怎么在考虑到当地生活的所有物种的情况下，进行我们自己的活动。”

然后黑猩猩描绘了它的计划的核心，也就是需要和他们合作的行动：“我们需要你们帮忙把动物园的所有动物带到卡马尔格。如果动物们分散前往，很容易被抓住，然后重新被关起来。应该把它们集中起来，一起穿过整个法国。”

亚当甚至思考了具体的行动方案：六月遍访动物园，通知所有动物，然后七月启程。“按照每天二十五千米的速度，我们差不多需要一个月的时间横穿整个国家。这个时间是比较理想的。”

“但是路上会挤满了度假者和游客。”阿莉雅提出反对意见。

“没错，这样警察就没工夫来管我们了。我们要把这场迁徙变成无人能挡的大事件！”

亚当和梅尔万离开后，其他人一直讨论到了深夜。讨论的内容不仅仅是黑猩猩的计划，也包括他们自己的计划。首先，阿莉雅和克莱芒想要去看望他们的家人。他们会时不时地收到来自家里的消息，但是他们有很长时间在森林里和海上，无法一直和父母保持联系。然后，他们需要做出选择。克莱芒很想加入他朋友所在的南部的动物解放团体，了解更多关于大象计划的信息。如果它们需要的话，他愿意提供帮助。他们同样需要处理鲸类的问题，这个问题甚至更为复杂。阿莉雅在离开家的时候和父母关系紧张，现在想花些时间与父母和解。此外，她还想重拾被中断的学业。但随着夏天的到来，她在假期可以有几个月的时间参加亚当的大迁徙行动。

劳拉没有工作了，但是她并不担心。以她的能力，她可以轻松地在随处可见的众多基因分析实验室中找一份工作。这些实验室一般负责提供快速且廉价的 DNA 破译。虽然她认为这没什么意义，但是客户需求量很大。而且她和加里之间的关系进展顺利，他们两个基本可以在任何地方安顿下来。加布里埃尔却更加犹豫。这一年和觉醒动物的接触削减了他的偏见，正如他笑着承认的：“我承认我的观点发生了一些改变。我能看出来动物共和国的事让你们非常激动。我们应该帮助那些大象、猿类，还有其他动物，但是你们还是需要以批判的眼光看待这个问题……”阿莉雅对加布里埃尔露出一个笑容。

无论如何，在经历了这么多事之后，一想到要分开，他们就很难过。于是加里提议，他们可以继续住在船上，因为短时间内不会有人来要求他们归还船只。这是一个临时的解决方案，却受到了大家的欢迎，这样他们可以过段时间再做出决定。

同样，蒙田和糖糖都很高兴不用做出选择，它们都愿意待在一起。而小疙瘩和夜帝看起来心情不佳，不太愿意发言。夜帝表示它很快会离开，小疙瘩则说自己还没有做出决定。

第一章　五　月

小疙瘩和夜帝在路旁的草地上奔跑着，蒙田在它们上空飞行。路上它们遇到了几只公猪和一只奶牛，它们看上去像是已经觉醒了。但是从两只狗身旁经过时，它们别过了头，什么也没有说。过了一会儿，小疙瘩和夜帝又遇到了一只母猪，母猪的身后跟着一群小猪崽。小疙瘩停下来问它在做什么。蒙田落在母猪旁边，对它的回答进行了翻译："它让你们离它远点儿。"母猪用嘴赶着小猪崽们，很快离开了。

"不太友善。"夜帝评价道。

"鉴于之前动物的反应，或许有其他原因……"蒙田说。

两只狗在困惑中继续前进。它们决定去猿类群岛拜访一下黑猩猩们。它们希望面对面和黑猩猩进行交流，换句话说，在没有人类参与的情况下展开动物之间的讨论。它们邀请蒙田一同前往，尽管蒙田并不认为这次会面是必要的。

这个主意其实是夜帝提出的，亚当的话让它隐约有些不安。亚当向他们展示的计划并没有完全说服它。并不是它不相信黑猩猩呼吁建立的动物共和国，而是它在亚当身上察觉到了一部分动物对人类无声的恶意。这种恶意隐藏在看似友善的面具之下，但是夜帝能从亚当身上散发的气味中窥探到异样。自从觉醒后，夜帝的嗅觉敏锐度有所下降，但是相较人类或黑猩猩仍具有很大优势。

在接近动物园的地方，两只狗跳进水里，向群岛游去。湖边唯一的屏障是用来防止外面的船进来的，并不能阻挡狗。能够看到群岛全貌的蒙田指引着它们来到一片小沙滩上，站在了一只雌性黑猩猩面前，这只黑猩猩正在和它的孩子们一起玩。小疙瘩用翻译器把自己的话翻译成人类的语言，要求和亚当讲话。雌性黑猩猩不会使用猿类的手语，它发出低沉的叫声，用头示意亚当所在的方向。

在小岛的另一边，它们发现了一小群正在热烈交谈的黑猩猩。为了避免做蠢事，两只狗提前从蒙田那里了解了黑猩猩的社会结构。从亚当的态度来看，它毫无疑问是雄性统治者，它们应该首先和它讲话。在互相寒暄后，这只体形庞大的黑猩猩介绍了它的亲信阿贝尔和普罗米，然后是佐伊——这只雌性黑猩猩的年纪已经相当大了。接着，亚当询问了它们的来意。

蒙田把猿类手语解释给两只狗，而后者的回答被小疙瘩的翻译器翻译成人类的语言。亚当说话时，大部分时候看着夜帝，偶尔也会看向蒙田，但是彻底无视了身为雌性的小疙瘩。小疙瘩并不想遵循黑猩猩的等级制度，于是它主动开口：

“和我们的朋友一样，我们对你们的境遇非常同情。但是作为觉醒动物，我们想了解更多关于你所说的那个动物共和国的事情。”

“是劳拉·古皮派你们来的吗？”亚当问。它的手势有些生硬，好像它比前一天晚上紧张。

“不，我们是自愿前来的。雪球号上的人类不是我们的统治者。”

“我明白了。这样更好。但无论如何，我们的计划与你们无关。你们犬类和你们以前的主人走得太近了。甚至可以说，你们被人类同化了。我们不能信任你们。我们的新共和国不欢迎你们。”

“但我们都是动物，有共同利益呀！”亚当的话让小疙瘩感到震惊。

“不，你们完全依赖人类，而我们可以离开人类生活。”

夜帝想到了它在森林中遇到的困难，话中带刺地回答：“我不相信从动物园里出来的动物能够自己生存……你在没有梅尔万送食物的情况下生活过哪怕两天吗？‘离开人类’的意思是切断与他们的所有联系吗？如今这是不可能的，因为到处都有人类的存在。”

“没错，他们占据了所有空间，因为他们侵占了我们的领地。他们不仅让我们背井离乡，还破坏了我们曾经的家园。他们将森林夷为平地，让沼泽干涸，污染了土壤和海洋。无论去哪里，我们都会看到他们的城市、工厂和被荼毒的土地。我们根本没有生存和发展的空间了。”

“在卡马尔格之后，你们打算回到非洲或亚洲，或者说……回到你们的家乡吗？”夜帝问，它不太确定黑猩猩的家乡在哪儿。

“不。人类改变了气候，这可能会对我们产生有利影响。动物园里的大部分动物都来自气候炎热的国家。我们的祖先曾经历冰河时期和炎热时期。它们适应并生存了下来，我们也可以做到。但是为了达成这个目标，我们需要重新获得土地，获得所有本应属于我们的土地。我们将夺回这些土地。”

查理布置的哨兵监视着接近聚居地的人类。那个男人似乎在搜寻什么东西。他的行为令乌鸦非常紧张，它们密切监视着他的每一个动作，准备随时向他发起猛攻。但是，那个男人最终没有做出其他具有威胁性的行为。他在鸟巢最多的一棵树下站定，高声要求和首领对话。

消息从一根树枝传到另一根树枝，一直传到查理之声所在的用小树枝编织成的孵蛋的鸟巢里。查理之声一瞬间就清醒过来，迅速把蛋托付给旁边的雌乌鸦，飞去寻找“乌鸦将军”——查理要求它们这么称呼自己。查理之声找到它之后，传达了那个人类希望会面的请求。查理装模作样地犹豫了一下，就跟着查理之声一起去了。不一会儿，两只乌鸦就落在了前来求见的人类旁边稍高一些的树枝上。

男人再次开口：“我是尼古拉·拉缪罗，沃夫法国分公司的总经理。我这里有一个提案，您应该会非常感兴趣。”他佩戴的翻译器是查理之声从未见过的型号，这款翻译器使用了乌鸦语－人类语的双重转码。在这种情况下，查理其实并不需要查理之声，但是它认为通过第三者与人类交谈更符合它的身份。它看向查理之声，命令后者告知拉缪罗它想了解更多信息。

“乌鸦将军查理愿闻其详。”

“要和您讨论这个问题，我希望换一个更合适的地方。”那个人依然仰着头，脸冲着树枝。他用手揉揉脖子，指了指树旁的长椅：“如果您愿意的话，我们可以去那边谈。”

他坐了下来，两只乌鸦落在附近的栅栏上，和他保持了必要的安全距离。接下来，这个人向它们讲述了杰弗森关于示范农场的设想：它们帮忙管理未觉醒的奶牛——在他看来这项工作既简单又轻松，而作为回报，乌鸦可以自由进入牲畜棚（同时这也是它们的专属权限）；可以食用闯入农场的任何其他动物，包括昆虫、鸟和小型啮齿动物；它们还可以分得一部分具体数量待定的奶牛饲料，美味的高蛋白豆粕会是喂养它们的雏鸟的绝佳食物。

两只乌鸦认真地听了他的话，查理要求容它思考几天再给出答复。为了集中注意力，它离开了聚居地，远离了那里无休止的吵闹。然后它召集了查理之声和它的亲信。它这么做更多的是为了整理自己的思路，而非倾听它们的意见。

但是它无法做出决定。这或许是它在自己短暂的生命中第一次产生怀疑。它不知道应该选择哪一边：是它一贯的政策——即完全独立于包括人类在内的所有其他生物之外，还是会减少它回旋的余地，但可能会为乌鸦带来无限量食物供应的联盟呢?

这是一道关于尊严与利益的选择题。

回到船上，两只狗把它们和黑猩猩的对话转述了一遍。

它们不信任亚当，在它们看来，亚当隐瞒了它的部分计划。它明显另有所图，却不想让他们知道。

“我早就觉得它目的不单纯。”加布里埃尔刻意夸大了语气中的怀疑。

“我看出来了，你已经开始巩固自己智者的角色了！”阿莉雅嘲弄地说，“但是我觉得不能太快下结论。或许我们没有完全理解它的意思。梅尔万的翻译并不完美，或许我们误解了某些手势。蒙田，你当时也在场，你怎么看？”

鹦鹉证实了两条狗所说的内容。蒙田认为亚当的态度暧昧不清，它想拉拢人类以达到自己的目的，却把可能更了解觉醒动物问题的狗排除在外。“我不想太仓促地下结论。我不确定它是否刻意向我们隐瞒了一部分计划。有没有可能是它单纯地不喜欢狗呢？”

蒙田利用这个机会描述了小疙瘩和夜帝不受欢迎的经历，而且这种待遇不仅仅来自黑猩猩：“我们并不认识那些奶牛和猪，但是它们却表现出了近乎敌视的态度，就好像它们对狗抱有偏见一样。它们没有看见我，所以我认为它们的敌意和我没有关系。”

“你知道这是怎么回事吗？”阿莉雅问。

“我猜测，或许在我们离开的这段时间，狗和其他动物的关系恶化了。刚回到这里的时候我听说了一些事件，我还没来得及验证其真实性，但是这或许能帮助我们找出答案。”

蒙田直接向小疙瘩和夜帝提问：“或许你们认识一只被称为‘王子’的狗？”两只狗目瞪口呆，还没来得及回答，蒙田又补充道：“它似乎建立了某种犬类组织，意图剥夺除了犬类以外其他动物的觉醒权利。据说它已经召集了数千只狗，派它们前往各地宣传它的理念。如果事情果真如此，那我就多少能理解那些动物对我们这两位朋友的反应了，尽管它们把个别狗的恶念无差别地怪罪到了所有狗身上。”

蒙田被委派去调查大家离开期间发生的这件事。劳拉和加布里埃尔也决定回家检查一下他们小屋的状态。加里和糖糖一起留在船上，等他们回来。糖糖不想再进行任何旅行了。夜帝举起一只前爪，示意它想再次发言。

“我现在要离开大家了，”这只黑狗说，“我很感激你们的陪伴，但是我想去找自由之犬的朋友们。我知道我们在其他物种那里是不受欢迎的。我们得自寻出路。我们不会再对人类亦步亦趋，或许会创造出一条与之平行的道路。我也会调查王子这件让我心烦意乱的蠢事。”

“那你呢？你打算怎么办？”加布里埃尔问小疙瘩，它还没有表态。

“我会陪夜帝一起去。我不知道你们是否注意到了，但是我从去年起就发生了很大的变化。夜帝也是……”

夜帝摇了摇头，好像还没有完全信服。

“相比出发前，夜帝和我如今更加亲近了。我也想参与正在发生的这些事情，我在狗群中能发挥的作用比留在人类身边的作用大。留在你们身边的话，我无法做出清醒的判断。你们知道，我爱你们，但是我也希望变得独立。”小疙瘩移开了视线，用嘴蹭了蹭克莱芒的手掌。

“我就知道你早晚会做出这个决定，”克莱芒伤感地说，“我相信我们很快就会再见面的。”

就像几个月前的大象，猿类很快就意识到了这个星球遭受的破坏，以及人类对此应负的责任。它们并不是唯一注意到这一点的，但相比大部分生活在动物园的动物，它们的计划更有章法。那些动物几乎都希望有朝一日能回到在纪录片中看到的自己所属物种的起源地。那些纪录片美化了它们的起源地，同时过度简化了其中的问题。黑猩猩没有那么天真，它们很快就意识到要达到这一目的困难重重，就算真的成功地回到起源地，情况只会更糟，因为它们起源地的森林已经支离破碎了。

使情形进一步恶化的是，这些破碎的地带已经被觉醒的动物占据了。它们收到从非洲传来的消息，一开始仅仅是关于消灭偷猎者的传言，之后的消息中更加细致地描述了多地类人猿为阻止人类进入其领地的战斗。狮子、大象，甚至斑马和牛羚群都开始着手收复它们的领地，就像北美的熊所做的那样。

受到这些杰出行动的鼓舞，黑猩猩计划效仿它们，同时也想帮助它们。很多野生动物都消失了，这种情况却没有受到任何重视，因此它们应该主动出击。要想制止人类对自然界毫无节制的索取和对野生动物栖息地的破坏，它们认为唯一的办法就是打击工业大国的经济。它们明白自己只是少数，只是孤立无援的猿类，但是它们也听说了乌鸦取得的战果。小小的乌鸦竟然让航空运输几乎陷入全面瘫痪的境地！

整理了在动物园搜集到的所有信息后，亚当算了一笔账。它最多能在法国召集一百多只黑猩猩，在欧洲范围内不到一千只。矮黑猩猩的数量还要更少，它们沉迷于自己的爱情游戏，不是很好斗。它可以指望五十来只大猩猩，还有几只猩猩，但这还远远不够。它必须在计划中加入其他灵长目动物，特别是不同品种的狒狒。尽管它们行为怪异、难以管理，却是必不可少的力量。

灵长目动物会负责主要行动，但是就亚当的计划来说，能参与的动物数量还是太少了。它们应该成为一个更大群体的先头部队，而这个群体应包括生活在动物园里的其他物种。鉴于它们被监禁的过往经历，说服这些动物应该不是什么难事。尽管它们并非全都有手，但是很多动物敏捷又强壮。它想说服那些大型猛兽加入，但它们中一些的危险性很高。这不是它计划中令人愉快的部分，因为仅仅是想起豹子，都让它害怕得脊梁骨发冷。

亚当打算用这支愤怒的动物大军对付人类的设施。横穿法国的大部队会为它们带来梦寐以求的机会。亚当已经确认过了，它们在前往卡马尔格的途中，会经过大片工业区。通信天线和发电厂就是它们的目标，破坏这些设施会让该国的经济遭受毁灭性打击。一旦经济被削弱，人类的破坏力也会降低，这可以为全世界的动物减轻一些负担。而陷入困境的人类便无法阻止黑猩猩在大象所划定的领地之外继续开疆拓土。

第二章　六　月

《灵动》通讯社，6 月 1 日电讯

动物解放团体的成员昨日发布了一段来自屠宰场的秘密录音。从录音中可以清晰地听到所谓的未觉醒的猪在低语，就像已经觉醒了一样。持有认证资格的译员安东尼·奥塞洛表示，养殖场在为屠宰场提供牲畜时，明显没有对未觉醒和已觉醒的动物加以区别。一位工作人员表示已经向领导层汇报了该问题。该厂负责人则威胁要追究动物解放团体成员的诽谤罪。当地区长已下达行政命令关闭了涉事屠宰场。

经营者把这个动物园称为“生机乐园”，他们认为这个名字会对游客很有吸引力，因为这个名字包含了两重积极意义：一是拉近了游客和自然之间的距离，二是有着快乐家园的意思。动物园中住着很多动物，印证了名字中的“生机”。但是无论对动物还是人类而言，这里都和快乐家园没有任何相似之处。动物们囿于狭小的围栏中，什么遮蔽物也没有。草地总是被践踏，早就彻底消失了。有些场地里的动物太多，空间不足；其他动物则孤零零地备受煎熬，拥有的场地面积依然过于狭小。来到这里的游客往往扫兴而归。这个平平无奇的小动物园被亚当选中，作为它谈话之旅的起点。这个动物园里最多有几百只动物，没有任何特殊之处。但这里是黑猩猩前往其他更大的动物园之前，试验其沟通技巧的理想场所，而且这个小动物园距离猿类群岛动物园只有不到一小时的路程。

尽管两只狗已经发出警告，加布里埃尔也对此持保留意见，劳拉还是决定帮助黑猩猩。考虑到自己在动物中的声望，劳拉认为她有义务扮演好自己的这个角色，尽管这份责任对她而言过于沉重。她是病毒扩散的责任人，而且她故意没有阻止其传播，现在她应该承担自己行为的后果了。尽管不是故意的，但她对促成了动物们觉醒还是感觉非常骄傲的。

就在克莱芒前去动物解放团体寻找他的朋友时，劳拉和阿莉雅、加布里埃尔一起回来了。他们回到雪球号和加里会合后，立刻和亚当取得了联系。亚当利用这个机会邀请他们前往猿类群岛。年轻人被这些用手语和他们交流的黑猩猩和大猩猩迷住了，虽然他们只理解了这些手语中打招呼的部分。随后，他们研究了黑猩猩和其同伴一起制订的计划。除了劳拉的汽车，他们还从梅尔万那里借用了动物园的小型卡车。饲养员梅尔万同意把小型卡车借给他们，前提是只有持驾照的人类可以驾驶它。尽管他支持这项行动，但他并不想卷入其中。

这是一支货真价实的特别行动组，其中包括四个人和四只黑猩猩。他们向着生机乐园出发了。蒙田也加入了本次行动。它是不可或缺的成员，因为翻译器不太适用于手语这种视觉语言，而蒙田是唯一对手语较为熟悉的非猿类动物。亚当也邀请了糖糖加入，希望它能担任“与猫科动物交流的翻译”。亚当承认自己对猫科动物没什么好感。

他们沿途遇到了在田野上独自或成群结队散步的动物。其中主要是家畜，比如猪、奶牛和羊，还有几只野生动物的代表，比如鹿、狍子和野猪，它们警惕性很高，但不像觉醒前那样易受惊吓。他们还注意到了一只盯着他们看了很久的鸵鸟，还有一只带有异域特色的动物，那是某种长着钩状长獠牙的浅灰色的猪，因为克莱芒不在，所以没有人认得它是什么品种。

他们抵达目的地后，劳拉介绍自己是觉醒领域的生物学专家，来这里是为了调查动物园里动物的情况。动物园园长安东尼·图冈很高兴认识一位能够帮他找出问题所在的对话者，甚至希望这位特派专家能帮他解决这些问题。

“我不知道该怎么办了。它们消耗了我大量的金钱，却不能再为我带来回报。我向你们保证，我很爱动物，但是这些动物已经变得陌生了。我的狮子不再像狮子，我的瞪羚也不再像瞪羚……”

“我明白的。”劳拉安慰他。

动物被病毒感染后，其行为渐渐不再正常。它们开始躲到一边自己交谈，不再对游客展现出兴趣。这样一来，游客就不能如愿观赏这些动物。靠近的游客会被动物怒目而视，就好像游客的打量让它们很烦躁。一些动物甚至会露出审视的目光，就好像对它们和人类的现状感到不满。简而言之，这些令人不安的动物与游客想展示给自己孩子们的形象相差甚远。游客数量渐渐减少。动物园解雇了一部分员工，但没法解雇这里的动物，无论如何还是必须饲养它们。

园长为此备受煎熬，劳拉的出现点亮了他心中微弱的希望火花：“您觉得我们还有可能通过某种方式‘解除觉醒’，让它们恢复原始状态吗？”

“那是不可能的。我不想让您抱有不切实际的希望。”劳拉回答。

“那一切就完了。”园长沉重地说。

就在这时，行动组的其他成员进入了动物园，人类是从大门进来的，而黑猩猩则是通过围墙旁的树木进来的。园内饲养员的数量并不多。无所事事的饲养员在休息室里打牌，并没有监控园内荒凉的小路。以前，接待游客是他们工作的主要内容，现在，他们的主要任务是防止动物从动物园逃跑。鉴于动物们都被好好地关在笼子里，饲养员们觉得没必要在这上面花费太多心思。而且就算偶尔有几只动物跑出去了，在他们看来也不是什么严重的问题。

亚当要求几个年轻人不要干涉它们的行动。因此，加布里埃尔、阿莉雅和加里留在了动物园入口处。黑猩猩们从一个区域迅速地跑到另一个区域，试图辨别哪些动物觉醒了哪些动物没有。有几只受到惊吓的动物出于恐惧或独居习惯，固执地拒绝与黑猩猩们接触，但黑猩猩们可以判定，生机乐园的动物几乎全都觉醒了。

这座动物园面积不是很大，它们用了十分钟就绕了一圈。这里主要有羚羊、牛羚、斑马，还有两只欧洲野牛、一小群长颈鹿、三只美洲貘，以及生机乐园最珍贵的动物——一只霍加狓。乐园的一小部分属于大型食肉动物，其中包括一只老虎、狮子一家、两只豹子，还有三只美洲黑熊。有一个笼子专门用来关鹦鹉，这让蒙田全身的羽毛都竖起来了。另一个笼子里关着一只黑猩猩不认识的猛禽、一只秃鹳和一只孤零零的秃鹫。旁边有一个为河马准备的小水池，但水深并不足以完全没过河马。一个暖房里住着蛇和短吻鳄，但是这些爬行动物明显没有觉醒。而作为生机乐园的另一组成部分，水族馆里的鱼也没有觉醒。

亚当原计划把所有动物召集到一起，这样它只需要介绍一遍计划。但鉴于它不知道这些动物之间的关系如何，甚至不知道它们是否见过面，它觉得最好还是把食草动物和食肉动物分开。它派普罗米和阿贝尔去召集食肉动物。而它自己在佐伊的陪伴下来到食草动物这边，号召它们在名为“非洲大草原”的围栏里集合。这个名字实在是过于夸张。事实上，这里唯一的特殊之处就是比别处的围栏稍微宽敞了一些。

它面前有一百多只动物从来没见过黑猩猩，它们甚至不知道黑猩猩的存在。生机乐园里的动物获取信息的途径并不多，它们对外面的世界知之甚少。它们唯一能够接触到的猿类是一小群恒河猴，恒河猴们多疑且胆小，总是远远地躲开其他动物。亚当要求蒙田待在它身边。亚当很激动，它先是比画了一些比较模糊的手势，但是很快就镇定了下来。鹦鹉蒙田把它的手势翻译成人类的语言。动物园里的动物能够理解这种语言，只是不会说。

三天来，在它最聪明的副手佐伊和普罗米的帮助下，亚当构思了它正在发表的演讲。它首先描绘了觉醒动物灰暗的生活，其中特别提到了听众所属的物种的灰暗生活——斑马和长颈鹿缺少宽阔的空间；霍加狓离群索居，住在寸草不生的围栏里，它的自然生长环境中本应有茂密的植被；另外还有生活在干旱环境中的美洲貘，自从路过的鸟描述了它们在亚马孙地区的远亲的生活环境后，它们每天做梦都渴望着那样的泥沼。

然后，亚当将话题引向大象发出的号召，它们的计划在动物中可谓一石激起千层浪。虽然出生在这座动物园的动物并不了解大象，但是有些动物接触过其他动物园里的动物，动物园里所有知道大象的动物都非常尊敬大象，它们的兴奋甚至感染了最为沉着的反刍类动物。

最后，亚当陈述了自己的计划，即动物园的动物集体南下，以响应大象的号召。当它提到劳拉·古皮站在它们一边时，动物们的激动情绪达到了顶点。

动物们开始在原地打转，用蹄子击打着地面，摇头晃脑地发出有节奏的声音，相当于人类爆发的掌声。黑猩猩到来前笼罩着这里的沉闷氛围被一扫而光，取而代之的是具有感染力的欣喜。逃离可怖的监禁生活的希望让它们备受鼓舞，它们都想尽快离开动物园。亚当解释它们必须认真考虑行动的具体计划，这是它们成功的关键。它没花费太多时间就说服了它们，因为一只曾逃脱的牛羚——很快就被抓了回来——向它们讲述了外面世界的可怕之处。在它们看来，亚当提出的计划比某些动物在绝望中制订的独自逃亡计划要可靠得多。

亚当让普罗米和佐伊告知它们具体细节，然后它怀着些许恐惧，前往食肉动物所在的地点。它害怕那些食肉动物，但是它们是它计划中第二方面必不可少的盟友，这第二方面绝不能让人类或者他们的动物盟友知道。亚当打算在迁徙途中再告诉猛兽们，到那时它不需要借助翻译就能表达自己的意思。

进展还算顺利——至少它这么觉得。食肉动物趴在地上，平静而专注地听着。它们对行动计划的反应在声音上不如食草动物响亮，情绪却同样强烈。它委托糖糖宣布，劳拉·古皮赞同了该计划，并会参与迁徙行动。猛兽们也表达了自己的激动心情。一只狮子甚至发出了心满意足的呼噜声。

离开前，亚当召集了动物园里的几只动物。在它看来，这些动物最有能力组织逃亡行动。它要求它们一接到命令就做好准备，命令或许会通过海鸥传达。它委托这些动物将它所说的计划传达给鸟类和个别没能听它演讲的动物，比如恰好在医务室的穿山甲和鸭嘴兽。亚当没有告知河马，因为它认为河马无法完成大迁徙，也不像小型动物那样易于运输。

门牌上写着“尤里斯、齐拉、克莱芒和阿蒂尔·提伯尔”，还有一个稚嫩笔迹书写的“小疙瘩”。一切照旧，这里仍然是他的家。尽管知道自己的想法很可笑，克莱芒还是稍微放心了一些。不管他做什么，父母一直都在支持他。

他刚一打开门，阿蒂尔就冲过来又哭又笑地拍打他。他的父母表现得更克制一些，但是情绪也很激动。他在航行中打的几通电话既不能给他们提供足够的信息，也不能让他们安心。接下来的四个小时里，克莱芒详细讲述了他在熊的领土上的经历和渡海的过程。

第二天，他不得不更加严肃地保证在这个秋天恢复已中断了数月的生物学学业。作为交换，他请求家人同意自己参与大象的计划，并为他的旅行和在当地的住宿提供一小笔资金支持。他还保证如果小疙瘩不打算回来的话，自己会说服它来看望阿蒂尔。两天后，克莱芒接触了动物解放团体的几个朋友。

一连串的紧急任务立刻就压到了他头上，这在积极分子的小组中是非常常见的情况。他要为被主人遗弃的狗找到新住处，为一只想要起诉粗心大意的饲养员的猪寻找律师，调解种马场的马和那些仍自认为是它们主人的人类之间的关系，当然还有推进大象的法律地位，以便它们能够留在卡马尔格。

但这还不是最重要的，正如克莱芒向他们解释的那样，他们忙于日常工作，忽视了索菲向觉醒动物发起的号召。他们首先需要和阿莉雅及加布里埃尔联系，预估将要抵达该区域的动物数量。其次是确定动物迁徙的路线，这样才能调动整个组织网络一起行动。另外，动物解放团体还将负责大迁徙各个阶段所有动物的食物供给。他们想到了之前为大象迁徙所做的工作，但是这次的动物群体差异巨大，需要他们付出更多的努力。他们必须找到每个物种所需的食物，并且提供足够的分量。唯一的便利是这些动物不需要另找住处睡觉。

很快，克莱芒就发现他的一些朋友都还固守着旧观念。他们同意帮助动物，却希望替动物做所有决定。他们内心深处不太愿意赋予动物它们想要的自主权。克莱芒一眼就看到了这种观念最明显的表现：他们当中没有人想过去看望象群，问问它们的意见。

王子注视着在它面前集合的狗。这只体形庞大的白色牧羊犬稳稳地站在那里，展示出了绝佳气质。它的追随者按规矩趴在地上，以示臣服。它们把头放在前爪上，眼睛看向地面，一动不动，一声不吭。它们平均地排列成两道圆弧，位于中心的是它们敬仰的王子。这是王子内心的那些声音让它这么做的，因为这种排布最有利于传播真理。

王子在心里将之称为“那些声音”，因为它能听到好几个声音，当然，它从来没和别人提起过。它更愿意对外称之为“梦中受到的启示”。犬类非常喜欢解梦。它们很崇拜王子讲述的那些梦境，因为那比它们大部分时候混乱、零散的梦境更为清晰。它们自愿遵循通过这种方式发出的指令。

王子已经习惯了这些持续出现的声音，尽管有时候它们自相矛盾且让它心烦意乱。它喜欢听从的那个主要声音明显是神的声音，那个声音充满了威严，而且总是和王子的愿望相符。第二个声音非常专横，而且有时候会与第一个声音相矛盾。因此，它并不总是遵循第二个声音的指示。第二个声音很像它以前的女主人卡特琳的声音。它一直很喜欢她，尽管她抛弃了它。第三个声音毫无疑问是属于恶魔的，因为那个声音公开地嘲笑它和它遵从第一个声音所做出的一切努力。它在集中注意力时，能够遏制那个声音，但是那个声音经常在最不合适的时候冒出来，这就是为什么有时它讲着讲着话便陷入混乱。但是为了完成它消除其他已觉醒的动物、建立犬类组织的重任，它需要保持绝对的清醒。

它终于认识到了自己关于觉醒本质的错误认知。觉醒是一个人类造成的，这个事实本身并不重要，因为在试管中培养出这种病毒时，她只不过是遵循了神圣的意志。它不应该执着于这个小插曲，尤其是这个核心人物和她的朋友——叛徒夜帝和小疙瘩，似乎已经彻底消失了。

它确信一件事：觉醒是赐予犬类的神圣礼物。根据那个声音，犬类的觉醒意味着“人类时代”的终结，现在应该是人犬时代。

但是这个礼物带来了一个后果。其他动物本不该被牵扯进来，它们的觉醒是一种罪恶，应该尽快根除。因此，它的首要任务是组建一只犬类大军，以消灭所有觉醒的其他动物为己任。它很容易就说服了一直追随它的那一小群狗。然后，它们通过具有说服力的论述渐渐招募了更多成员。

它的理论占据一个巨大的优势，因为它并没有将犬类置于与人类对立的微妙地位。恰恰相反，该理论拉近了人和犬类的距离。因为犬类充分认识到，觉醒为它们曾经的主人带来了无数麻烦，而人类顺应形势，愿意根据动物的新能力赋予它们相应的地位，是误入歧途。将来人类还是需要回归正途，但那就是人类自己的事了。在它还使用“宾果”这个名字时它曾经尝试过改造人类，但是现在它已经彻底放弃了。

它突然意识到它的思绪飘离了眼前的状况。它的一些追随者对它长久的沉默感到惊讶，它们打破了规则，抬起头打量着它。白色的大狗嚎叫着露出牙齿，会场一下子就恢复了寂静。它开始讲话。趴在它面前的狗等待着向非犬类觉醒者发起进攻的最终命令，那些动物根本就不应该改变它们的天性。

生机乐园的行动结果远远超出了亚当的预期，它发现自己的演讲充分感染了听众。它不知道是否有必要把动物分成两组，但是无论如何，它想要游说的第二家动物园比生机乐园大得多，它不可能同时和那里的所有动物交流。

三山生态公园是在法国，甚至世界上，规模都数一数二的动物园。园中数百公顷的草地和森林中分布着将近一万只动物（包括鱼和异国昆虫）。宽敞的穹顶建筑中居住着鸟类和对温度、湿度有特殊需求的动物。夜行动物生活在半黑暗中，水生动物拥有大面积的池塘。多个生态系统被局部重构，至少在植被层面是如此，因为这里的食物链是不完整的。食草动物的生活平静而安全，它们的天敌食肉动物离它们远远的。围栏内的空间足够大，动物可以在里面奔跑，同时还配有遮蔽物，只要动物愿意，就可以躲到那里避开游客的视线。总而言之，这里的生活条件对所有动物而言都比较优越。

现在它们觉醒了，就像群岛动物园的猿类一样，它们很快就意识到自己被监禁的事实。它们的监狱很豪华，甚至在某些方面算是讨喜的，因为它们无须担心被食肉动物捕食。但是，这里的大部分动物只有一个愿望，那就是自由！可以选择留在原地或回归故土，过一种更危险，但也更刺激的生活的自由。按部就班或选择未知的自由。因此它们热烈响应亚当的提案。

三山生态公园的大象首先赞同了整个计划。它们之前就听说了索菲发出的号召，也计划参与其中，但是它们知道自己势单力孤，难以成功。现在有了黑猩猩的计划，就算成功率不是百分之百，也是具有可行性的。很多动物立刻开始分配任务，准备动身。鉴于无法做到长途迁徙的小型动物数量众多，它们需要准备一些大车，体形庞大的四足动物提出只要工作量平均分配，它们愿意帮忙拉车。亚当向它们保证，劳拉·古皮会为它们提供必要的装备，这一消息再次掀起了狂热的欢呼。

三山生态公园还有另一优势。这里是全法国的大型黑猩猩聚居地之一，可以和群岛动物园相提并论。亚当想要继续进行宣传并劝说所有能接触到的大型动物园中的动物，所以它将一项关键任务交给了普罗米。这只年轻的黑猩猩非常崇拜比它年长的亚当，一丝不苟地严格执行它的所有命令。它要留在生态公园的聚居地，在迁徙的准备期间把基础的手语教授给类人猿。它还需要找出这里最值得信赖的类人猿，然后把亚当的秘密计划告诉它。

很明显，亚当需要把秘密分享给这里的雄性首领纳里奥·克托梅。它们的首次接触比亚当预想的要好。如果在觉醒前，它们的会面可能会发展成暴力对抗，甚至可能变为流血冲突。纳里奥本能地龇牙以示威胁，但是鉴于这一擅闯行为的特殊情况，它几乎立刻就控制住了自己的表情。它甚至提出帮亚当梳理毛发，后者客套而欣然地接受了。

普罗米很容易就融入了这里的黑猩猩群体，因为它对纳里奥的统治不构成威胁，纳里奥同意它在自己身边待一段时间。这里茂密的植被可以帮它避开饲养员的注意，这里的饲养员也比过去松懈了很多。

鉴于这座公园面积较大，小队决定在这里停留两天，这样亚当就有时间处理食肉动物的问题了。栅栏、沟渠或墙的阻隔缓和了不同物种之间的紧张关系，它们也提前讨论过食草动物和食肉动物之间的关系。老虎和狮子口头承认或许应该改变捕猎者和猎物之间的关系，也承认应该改变称呼，至少不再使用“猎物”这一称呼，后者不希望再被如此定义。它们同意被称为食草动物。在它们看来，这一称呼不具有侮辱性。

对于大型猫科动物而言，它们的食物来源是亟待解决的问题。在动物园里，饲养员投喂给它们大块的肉，但是在动物园之外，它们得自己觅食。而它们不可能变成食草动物。一只好心的老虎克服反感，尝试了瞪羚的饮食，却出现了严重的消化问题。它在饿死之前放弃了这种尝试。不过老虎和狮子同意了只捕食未觉醒的动物。食草动物虽然提出了抗议，但是知道若想得到从前敌人的认可，它们最好接受这种折中的方案。真正的困难是，两只豹子、一只美洲狮和狼獾们并不愿意参与讨论。

亚当对达成的部分协议比较满意。老虎和狮子占食肉动物的绝大多数，因此目前的协议成果还是可以减少迁徙途中的事故的。面对那些试图反对协议的动物，老虎和狮子还有极具说服力的武器——利爪和獠牙。劳拉和朋友们着手准备为所有动物提供食物。到了卡马尔格，食草动物和食肉动物有的是时间重新讨论相关安排，或者寻找新的解决方案。更何况亚当坚信，一旦它们如同它预想的那样开始制造混乱，人类和动物的处境都会迅速改变。

动物集体的躁动不安引起了饲养员的担忧。他们询问了大象。他们和大象维持着良好的关系，而且大象表现得最为平静，但是大象表示并不知道动物躁动的原因。它们认为这可能是与气象或月相有关的阶段性现象，但这种解释并不能让饲养员们满意。不过鉴于动物们健康状况明显良好且看起来充满活力，饲养员们也就放下心来，放弃了调查。

尽管不能完全自由地行动，三山生态公园的动物们还是可以相互交流，并且开始制订大迁徙的行动细节。

“啊！宾果！时隔这么久，真高兴再见到你！”

王子咆哮道：“就我听到的来说，小疙瘩，你还是这么不敬。除了‘王子’，谁也不敢再用其他名字称呼我。而且所有狗在和我说话时都要避免直视我。”

大白狗还是一如既往地缺少幽默感。它看起来甚至没有意识到自己说的话有多可笑！夜帝惊呆了，它替震惊到说不出话的小疙瘩回答道：“就我的感受来说，你还是那么自负！不过我们不是来吵架的。觉醒的狗群去哪儿了？”

王子不想让谈话陷入僵局。这两只狗主动来找它，它们说不定有关于觉醒的有用情报。谁知道它们在离开期间做了些什么呢？于是它用稍平和的声音回答：“你们记忆中的那个群体已经不复存在了。一些狗想要追寻它们自己的道路，谁也不会因此记恨它们。”虽然它明白自己的话有多虚伪，但它不想对眼前的两个异端说出全部真相，“其他狗在我的领导下组织了起来。你们愿意加入我们的末世犬类组织吗？”

“什么组织？”夜帝一时语塞。

“末世犬类，指的就是我们。我们这些觉醒的狗有幸生活在犬类和人类终于靠拢的特殊时代。这个时代意味着历史的终结。”它在嗓子里嘟囔着这些词，以便展示其崇高的地位。

“我发现你一点儿都没变，”小疙瘩恢复了说话的能力，“虽然你的表达方式很奇怪，但我同意你的某些观点。这个时代确实充满了意想不到的事情。”

王子并没有理会它话中的讽刺意味。长时间以来，和王子打交道的只有那些充满敬意、从不敢在它面前表达自己想法的狗。那些狗之间会交流一些不痛不痒的观点，但是不会涉及任何重要的问题。小疙瘩和夜帝不可能和他讲起黑猩猩想要组织的大迁徙。而王子这边也闭口不谈它关于消灭非犬类觉醒动物的计划。它记得它们曾想要团结所有觉醒的动物。

它本可以一口咬断小疙瘩的脖颈，但是它对夜帝心存警惕。如果夜帝还有朋友的话，它的朋友们可能会藏在附近。它的嗅觉灵敏度下降得厉害，不敢过于依赖自己的嗅觉做判断，也不愿意冒险打无把握之仗。虽然它可以让卫士留在身边，但是它更希望确保面对面会谈的隐私性。下次会是好时机……

“我得和你们说再见了。我的时间安排非常紧张，抱歉。”它煞有介事地说，“请务必再来看望我，我们有那么多的事情要讨论呢！”

小疙瘩和夜帝并没有意识到它们逃离了怎样的危机，但是发现了曾经的同伴的虚伪。为了这次短暂的会晤，它们不得不向普皮提出申请——普皮的顺从加速了它的升迁。这只狗和它的领导者一样阴险，它让小疙瘩和夜帝足足等候了两个小时才去向王子通报。它们曾提出抗议，但是围在它们身边的两只体形庞大的看门狗让它们放弃了硬闯进去的念头。现在，它们需要寻找其他信息源了。

夜帝提议去找它自由之犬的朋友们，它相信它们不可能加入宾果的组织。小疙瘩和它在乌鸦筑巢的公园里溜达了一会儿，却毫无头绪。它们遵守着数月前达成的协定，没有靠近动物园。也许是出于这个原因，没有一只鸟落在它们身边。接下来，它们去了夜帝以前经常出没的地方，特别是餐厅和食堂的后面。

它们终于发现了一个熟悉的味道，是格洛丽亚，它是觉醒后被赶出家门的狗之一，然后加入了“既没主人也没神明”的犬类小组。它的气味很微弱，并不明显，就好像它是很久前从这里经过的一样。它们好几次都差点儿跟丢了，直到找到更明显、时间更近的气味踪迹。最终，它们找到了格洛丽亚。它蜷缩在一片丁香丛下，花香遮盖了它的气味。对于嗅觉被削弱的觉醒犬类，它的味道几乎难以察觉。

看到它们走进自己的藏身处，格洛丽亚惊得跳了起来，随后它认出了它们。它瘦得吓人，它惊恐的气味过了很久才消散。它用呜咽而非正常吠叫的语句讲述了过去几个月发生的事情。宾果渐渐控制了它周围的所有狗，包括自由之犬的大部分成员。没有夜帝，它们无法反抗强大的白色牧羊犬宾果。那些敢于反抗宾果的狗，不是被它的卫士处决，就是被咬伤并驱逐了。或许是因为被看作无害，格洛丽亚幸免于难，但是那些被宾果的理论说服的狗一直在追捕它。它离开自己的藏身处时根本没有时间好好吃饭，仅仅是在苟延残喘。

“我们刚刚去见了宾果，它没有跟我们说起这个。”夜帝说，“它看起来对所有狗都比较宽容，甚至对那些反对它的荒唐理念的狗也是如此。”

“在不确定对话者忠诚度和实力的情况下，它会隐瞒自己的真实意图，”格洛丽亚回答，“它想消灭所有反对者，而它如今的反对者已经不多了。”它盯着夜帝的眼睛说：“你，你清楚地知道，我们这些狗太天真了，会相信任何事、任何人。我牢记了你的警告，坚持了下来，但是和我一样的狗并不多。”

“你们可以重新组织起来，更好地进行反抗。”小疙瘩说。

“一切都发生得太快了，我们没能重新聚集起来。现在，我们倾向于各自分开，以降低被它的卫士发现的风险。”在两位朋友的惊愕中，它补充道，“它还发起了一项新行动，针对除了一种动物以外的其他动物。它认为只有狗应该觉醒，而其他觉醒的动物应该被消灭或回到原始状态。它声称自己拥有使命：消灭犬类以外的所有觉醒现象。”

“这真是个罪恶的想法。”小疙瘩低声叫道。

“它形容觉醒的鸟和奶牛也是用的这个词——罪恶。”

“我知道，它的观点总是很激进。”夜帝赞同道，“但是我看不出来这么做对它有什么好处。”

“它喜欢权力，喜欢其他狗的臣服，甚至赖以为生。”格洛丽亚回答道，“而且我认为它真的相信自己杜撰出来的谎言，或者至少它相信其中一部分。这两条理由就足够充分了。”

“你所讲述的事情很可怕，但是我们不会向那个家伙屈服，”夜帝说，“从明天起我们要开始反击。小疙瘩，你和我一起吗？”

它发问并不是真正想得到回答，因为它知道它们关于宾果的观点是一致的。尽管小疙瘩并不赞成它过度乐观的朋友，但是它会一直陪着夜帝的。这两只狗在格洛丽亚所在的树丛旁找到了另一片散发着香味的树丛。它们相拥而眠。形势令人担忧，但是它们在一起，而且彼此信任。

亨利·森格拉尔认为保罗·杰弗森是个理智且专注的人，在杰弗森的建议下，森格拉尔给自己的组织改了名。他非常正式地把“尊重自然和动物联盟”改为“自然完整性和自由动物世界联盟（双自联盟）”。确实，尊重自然和动物联盟难以引起公众的反响，但是双自联盟这个名字就响亮多了。虽然名字变了，但实际含义是一致的。森格拉尔在觉醒问题上的立场没有改变。他依然认为觉醒是反自然的现象，应该尽快予以阻止，以便回归正常的、充满生机的世界。这种智慧对于动物来说过于人性化了，它们根本无法好好利用。

这简单的名称变化为该联盟带来了沃夫法国公司的资金补贴以及大量动物爱好者的支持，他们是被这个新名字和联盟章程吸引来的，因为其中包括了关于动物保护和自然保护的所有方面，一个自由且完整、没有人为改造的自然。

但是近一年来亨利·森格拉尔没取得什么成绩。养殖场和屠宰场运作缓慢。从被觉醒影响较小的国家进口的肉类增加了，但是肉类消费并没有回到之前的水平。消除觉醒的问题仍待解决，这是一个困难的目标，但是他如果想保住双自联盟存在的价值，达成这一目标就至关重要。

面对这股席卷一切的觉醒浪潮，这个联盟是最后的反抗力量之一。生物学家成功破译该病毒时他很高兴，但是他最终还是大失所望。这场传染病波及范围如此之广，已经无法遏制了。几位政界知名人士建议给觉醒的动物接种抗病毒素，让动物回归它们的本质。研究员们立刻就警告政府，不要进行可能会导致人类本身回归动物状态的尝试。但亨利·森格拉尔不相信这种言论。他认为对动物产生影响的事物不可能对人类起作用。人类与动物之间的鸿沟是难以逾越的。他认为病毒没能改变人类的智力就是证明。他知道自己缺乏生物学知识，但是他认为这件事并不是个简单的生物学问题。

因此，亨利·森格拉尔总是乐观地希望传染病会自己停止。他内心深处认为这不过是昙花一现，动物们很快就会回归它们的本性。而且他不是唯一抱有这种期待的人！多亏了那些真正热爱动物的人的加入，他的联盟现在欣欣向荣。

但他还是有一个不满意的地方。雷克斯明明自愿放弃，装作没有觉醒的样子，现在却违背了诺言，通过一个罪恶的翻译器向他传递了一条信息。他不知道它如今身处何方。亨利·森格拉尔很失望，它就这样放弃了初心，但是他认为他的狗是迫于更紧要的需求才这么做的。雷克斯发来的信息很简单，且带有命令的口吻："主人，和格朗维尔家的狗'王子'联系。"

他隐约记得格朗维尔家，因为他们住在同一条街道。他带雷克斯散步时，经常遇到美丽的卡特琳牵着她气派的白色牧羊犬……那是宾果而不是王子。或许格朗维尔家换了一只狗。但是在这动荡的时期，谁又能说自己"拥有"一只狗呢？毕竟，只有一些狮子狗逃脱了病毒的波及。

他将要违反自己的所有原则，按照他的狗的建议行事了。

他要去找那只著名的“王子”，这真是个滑稽的名字。

一只乌鸦进入大厅，没有表现出丝毫畏惧，直接落在讲台上，而杰弗森打算在讲台后发表讲话。杰弗森本能地想要挥手把它赶走，但是他想到拉缪罗的警告，克制住了自己的动作。这只黑色的鸟可能是“乌鸦司令”或“乌鸦将军”查理的使者，他已经不知道该怎么称呼查理了。无论如何，按照他的经理的说法，要想在行动中和乌鸦结盟，他应当出席。

在沃夫公司所有的工厂化农场中，杰弗森选择了看起来最理想的一处。该农场位于勃艮第北部，草场周围被树木环绕，远离大型城市中心，那里觉醒动物的影响应该会小一些。同样，那里也远离极端动物保护主义者，毕竟出于某些难以理解的原因，他们可能会对企业进行破坏。那是一家中型企业，至少以沃夫公司的标准来看是这样的，能容纳两千只奶牛和一万只猪。

杰弗森首先在小组内听取了农场负责人关于动物的觉醒状况的汇报。在农场的牲畜棚中，虽然奥布拉克牛觉醒了，夏洛莱牛却几乎全未觉醒。同样地，用于为有机食品区供货的加斯科涅猪觉醒了，而经过了重重筛选的工业品种中的很大一部分还保持着原始状态。但不是全部，这就是待解决的问题之一。要理解猪的行为是非常困难的，因为它们多疑且善于保密。

一个工人表示——他应该亲自和这个工人谈话——那些猪相信工厂是通向一个更美好的世界的等候大厅。它们最主要的苦恼是不得不待在那里等待。它们眼见着自己未觉醒的同类从那里离开，特别不希望自己被排除在外。因此，它们会模仿那些未觉醒的同类以免自己的觉醒被发现，这样它们就能登上运载牲口的卡车。很显然，一到屠宰场，它们立刻就明白了自己的处境，开始嚎叫挣扎，阻断了整个生产线。由于害怕猪的反应，工厂化农场里没有人敢告诉它们真相。杰弗森暗自决定，是时候让它们开开眼了。

杰弗森鼓励他手下的饲养员和已觉醒的奶牛就牛奶问题进行谈判并达成协议。人类不再吃它们，但是它们要继续产奶，用于换取食宿。这一交换条件看似公平，但是谈判以失败告终。自从觉醒之后，奶牛们就拒绝人类在它们生产后带走它们的牛犊。它们的奶要留给自己的牛犊，人不能再从它们这里挤奶了。它们或许会同意接受激素疗法，在没有生产的情况下促进产奶。但是牛奶爱好者要求牛奶必须是“纯天然的”。因此，这些奶牛就不能留下了。

杰弗森让拉缪罗把他的指示传达给工厂的工人们，把所有留在墙内的已觉醒动物召集到一起，这样他就能向它们介绍自己构想的市场。如果不能确定动物是否觉醒，工人们应该把它们当作已觉醒动物对待。他宁可荒唐地向几只未觉醒动物发表讲话。重要的是所有已觉醒动物都能理解这场交易。

交易内容很简单。如果它们觉醒了，它们可以选择：要么是自由和随之而来的危险，要么是工作和随之而来的安全，工作内容围绕它们那些不那么幸运的同类。如果它们的同类被判定为没有觉醒，根据实际情况，它们要么被用于产奶，要么被吃掉。因此，觉醒动物隐瞒自己真实状态是没有好处的。一旦确定了觉醒的身份，它们只需在充分知情的情况下决定自己的未来。

奶牛当中也出现了具有争议的案例，一些奥布拉克奶牛似乎相信了猪的荒唐理念。杰弗森希望它们已觉醒的同伴能够揭发它们。它们如果还是坚持这种消极态度，就会被扔到自然环境中自谋生路，或者死于饥饿或恐惧，这都不是很重要。至于那些真的没有觉醒的动物，杰弗森认为，没有理由不继续像以前那样饲养它们，饲养方式是人性化的，但是当然不会征求它们的意见。

杰弗森扫视着主厂房里聚集在他面前的“听众”。其中有人类、觉醒的奶牛和公牛，有几只奶牛保持了普通牛的举止，但是疑似已觉醒，还有几只年轻的猪就像所有正常的猪一样摇晃身体、原地打转、发出噪声。它们当中隐藏着需要辨别的伪装者。杰弗森经历过吵吵嚷嚷的董事会、毫无纪律或充满敌意的总经理会议、言辞激烈的全体股东大会。他认为这是他擅长的领域，并且相信自己最终能够说服觉醒的动物们：“我亲爱的人类、牛类和猪类朋友们，正如各位所知，目前的形势非常严峻……”

阿莉雅坐在雪球号的休息室里，糖糖趴在她的电脑旁。她在试着列出他们这个小队到目前为止见过的所有动物，并且分别标出哪些动物看起来有意愿加入大迁徙，哪些动物不愿意或不能离开它们生活的动物园。

在最初的几次走访后，小队分成了三个小组。每个小组都由一只黑猩猩带领，它们分别是亚当、阿贝尔和佐伊，劳拉、加布里埃尔和阿莉雅负责辅助它们。就像在生机乐园，每一组的人类成员负责试探饲养员和领导层。他们的反应各不相同，但是所有人都面临同样的境遇——无法控制园内动物的觉醒。

一切进展得越来越快了。几乎所有动物都得知了大象发出的号召，以及关于黑猩猩巡回的传言。每次小组到达一个动物园，园内的动物们都已经期盼已久了。蒙田召集了一群宠物商店或人类家庭饲养的鹦鹉，其中包括来自它们最开始拜访的几家动物园的灰鹦鹉。它们从一个动物园飞到另一个动物园散布信息，而这些信息很快又被其他鸟类传递下去。黑猩猩们只去了几家大型动物园，但是在鸟类的帮助下，那些小型动物园也出现了想要加入动物共和国的动物。

这个组织已经走访了三十多家动物园，总共有——阿莉雅点击了一下求和键——三万两千五百只动物，其中超过两万只动物看起来都下定决心要离开它们的围栏。算上所有其他还没走访的大小动物园，大迁徙大概会调动四万或五万只动物，这个数字和亚当预估的差不多。

考虑到三山生态公园的地理位置和它的重要性，这里被定为迁徙行动的出发地。附近动物园的动物将在头天晚上尽可能小心谨慎地聚集到这里。开始行进后，大部队再把从更远的动物园出发的其他所有次级小队慢慢吸引过来。只要数百个野生动物群体在同一天走上法国的大街小巷，警察就很难阻止它们了。

阿莉雅放弃了这个非常模糊的估值。但她把所有涉及的物种做了一份索引，共计二百二十七个物种，包括她之前从没听过的黑秃鹫、霓羚、袋熊……每个动物园要自行解决运输问题。她能做的只是把这些信息发给克莱芒，后者负责组织收集沿途发放给动物们的食物。

她沉浸于大迁徙的组织工作中，没有仔细思考接下来会发生什么。在她看来，之前她和家人的关系太疏远了，这次她在家里短暂的停留让她修复了和家人的关系。就像克莱芒一样，她宣布会于下学期重拾学业。关于她这段时间的活动，父母没有对她施加压力，因此她与朋友们的重逢还算顺利。而回到船上，她就发现加布里埃尔终于下定决心承认所有人公认的事实——他们两个恋爱了！

甲板室里传来脚步声，来者是和阿贝尔一起从最后一家动物园回来的加布里埃尔。他出现在扶梯口，抓着扶手轻巧地滑进休息室。这是他从黑猩猩那里学来的技巧。阿贝尔紧随其后，以同样的方法下来了。随后加里也出现了。他担任阿贝尔、加布里埃尔和杰西卡的司机。杰西卡是一只雌性鹦鹉，它是在一位喜欢怀旧动画的老太太的公寓里觉醒的。

“普瓦图远征队，报告！”加布里埃尔以一种军事化的口吻宣布道，“六百只动物，几乎全部愿意。”

黑猩猩攥紧拳头，竖起大拇指，然后搓了搓掌心。它的动作所表示的意思不言自明：“棒极了！我很高兴！”

白色的母狼在松树下的岬角上休息。在这里，它可以观察到中央高原周围的山。它认为山里有可以在接下来的几天中作为狼群必要食物的狍子——如果人类没有追捕它们的话。最近，狼群不得不拼命躲避猎人。但是它听说了一个可能会改变它们未来的消息。

白狼派它最近出生的儿子之一——沉静者，前去寻找奔跑者和思想者。很快，它看到远处松树下有两只狼轻盈地向它快步跑来。寒暄后，它们在白狼面前趴下，把耳朵冲着它的方向，表示自己在全神贯注地倾听它的话。

“我们曾经以为如果人类停止对我们的捕猎，我们就可以在这里平静地生活。不幸的是，尽管我们对那些像我们一样觉醒了的动物做出了妥协，猎人们却视若无睹。他们一有机会就设下陷阱，试图残害我们甚至向我们开枪。当然，我们现在能比过去更好地避开他们的恶意，但是这还不够。风险依然是存在的。”

两只狼表示赞同，等着它继续说下去。母狼重新开口：“我不希望我的孩子们，也不希望你们过这种生活。”它一改刚刚的沉重语气，突然改变了话题：“哎，我问你们，你们最近和鸟类交流过吗？”

“不，当然没有。”奔跑者说，它脸上带着被冒犯的神气。它不希望被看作会和猎物来往的那种狼，特别是和鸟类来往。

“是的，我有时候会。”思想者说，它不愿意因为这类考量而限制自己的情报来源，它知道白狼不会因此生气，“为什么这么问？”

“你们还记得去年冬天的大象吗？”

“怎么会忘？”思想者问，它决定遵循同样的模式，用一个问题作为回答。

“我听说了关于它们那个小队的新闻……”白狼无视了老狼的讽刺。

“嗯，我也是。”思想者嘟囔道。

“我也是，”奔跑者补充道，它想要再次加入对话，“我是从鹅那里听说的。我发现了它们，正准备抓一只，它喊道：‘停下来！’很明显，我就停下来了。为了对我表示感谢，它向我提供了一条情报，是关于大象和劳拉·古皮的。

然后……”

“谢谢你，奔跑者，”白狼打断道，“我也从乌鸦那里听说了这些。”

“而我是从一只海鸥那里听说的。”思想者说，“白狼，你怎么看？”

“这很有意思……一个动物共和国，包容所有动物的差异性和特殊性，在这个由人类创造、为人类服务的世界中学习如何一起生存下去……这听起来很有吸引力，不是吗？”

“这很诱人。”奔跑者说，它想要表达出自己的善意。

“这些大象正是我们之前遇到的那些大象，”白狼说，“它们驱逐了我们，但是并没有发生战斗，我们也没什么可指责它们的，只是损失了一顿饭。按照我的理解，它们的号召也面向食肉动物，也就是我们……”

“我不确定这是不是一个陷阱，”思想者说，“你希望整个狼群都响应这个号召吗？先验证一下事情的真相会更谨慎……”

“你说的对，可能会有危险。我们不会全体过去。我希望你们两个过去。思想者，我委派你调查那里的情况并通过奔跑者告知我们，以便我们能够做出决定。奔跑者，你要用最快速度把思想者的调查结果带给我们，而它要留在原地为我们的到来做准备——在它持积极态度的情况下。”

查理终于决定了自己的立场。它发现在类似的两难境地中，花些时间是很正常的。这事关整个乌鸦群体的未来。虽然它暂时取得了空战的胜利，但它所参与的战争的结果还无法得知。人类意识到发生在他们和乌鸦之间的事了吗？一切都不确定！它每天都看到对它们毫无恶意的人在公园里散步。有几个小孩追着它们跑，但是这不能被视为侵略行为。

它想要接受沃夫公司的人的提议，这能让乌鸦群摆脱生存方面的不稳定性。目前，食物供应还可以接续，但是它鼓励生育的政策很快就要见效了。在很短的时间内，乌鸦的数量将会翻倍；下一年，乌鸦的数量可能会翻四倍或六倍……它无法估计繁殖会达到何种程度……如果不会计算，那么领导者就需要目光长远、眼界开阔……

乌鸦将军提出了一个条件。它提出这个条件时，原本做好了让步的打算，不过很奇怪的是，那个人类几乎毫不犹豫就答应了。查理想让老鼠加入行动。它们的地下帝国在不断扩展，它已经预见了它们侵占自己领土的那一天。和它们一起分享人类提供的新资源，对它而言是和老鼠就领土划分进行谈判的筹码。

在它思考和人类的合作时，海鸥又带来了一个新提案。在查理之声和一支久经沙场的乌鸦小队的陪同下，查理接待了一群黑猩猩。黑猩猩们计划攻打发电站和其他人类设施。查理不太理解它们的动机，虽然它们表达得非常明确。不过，这是飞机事件后它听到的最让它感到振奋的事情了。人类社会越是混乱，它的群体越是能发展壮大。正如老鼠一样，乌鸦们需要散落的垃圾、无人守卫的仓库、无害的和被抛弃的家畜。查理很高兴。一切都像它预想的那样进行着。它的飞行大军又要大显身手了。

当然，这个行动和它与沃夫公司的合作有点儿矛盾。但这不要紧。谁也不会注意到它两面三刀的行为，至少人类那边不会注意到，他们根本看不出乌鸦之间的区别。

小疙瘩和夜帝忙于重建自由之犬组织。通过和格洛丽亚的交谈，它们得知了关于宾果飞速夺权的一些细节。当时它们没有注意到，事实是早在去年它们出发之前，一切就已经就绪了。

因为觉醒，犬类突然就面临了关于未来的问题。它们可以设想自己的未来了，而且这种未来是开放的。面对如此开放的未来，它们甚至不知道该如何是好。这令它们惊奇，令它们觉得不可思议，同时也令它们非常害怕！多亏了最初成立的组织，最开始觉醒的狗得以一起面对这神秘莫测的未来。它们彻夜探讨，一刻不停地进行辩论。它们不得不全力思考，并且由此遏制了恐慌。

小疙瘩和夜帝离开后，组织失去了两个理性派的中流砥柱。它们在这个世界上失去了可靠的坐标，一切都陷入了陌生状态，相比在焦虑中寻找未来，它们更倾向于盲从。这样它们就不必再焦虑了。通过附和宾果的妄想，它们找到了另一个看起来更为牢固的主心骨。有领导替它们思考，它们的未来已经被规划好了——它们只要按规矩行事。

在几个月的时间里，夜帝大部分的朋友都向宾果屈服了。它们的自由之犬成立时间太短，信念还很不坚定。但是有几只狗坚持下来了。波派就是其中之一。它和格洛丽亚一起生活了一段时间，后来被追捕它们的卫士分开了。它们找到了两个藏身之所，但距离太远，它们夜间行动时无法嗅到对方的踪迹。

夜帝不知该如何逆转形势。宾果的谎言令它愤慨，它不理解其他狗为何会被它欺骗。在理智上，它理解了事情的发展，但它的朋友们的反应在它看来仍然是个不可思议的谜团。至于小疙瘩，它比夜帝更能理解促使其他狗向宾果屈服的恐惧，因为它自己也经历过。

它们曾考虑说服一个反抗者去假装加入宾果的军队，以便深入了解它们组织的运作方式，并且尝试揭露它们的计划。但是宾果的副手认识它们遇到的所有自由之犬的狗，根本不相信这些狗的投诚。因此，这样的行动太冒险了。

它们只得先将能够找到的狗重新组织起来，并为它们在公园里提供一个更安全的住处。夜帝提前通知了乌鸦们，说一群狗决定入侵此地并让这里为它们所用，这与它和乌鸦数月前定下的协议相悖。这群入侵的狗的首领是一只白色长毛大狗，名叫王子。在向首领汇报后，那只乌鸦翻译向夜帝表示了感谢，并保证它们的护卫队会阻止此次入侵，但是它会留意让夜帝和它的朋友们正常通行。

沃夫法国公司的总经理尼古拉·拉缪罗真的不喜欢这些偷偷摸摸、令人反感的动物——老鼠。但现在，他不得不把这些令人厌恶的啮齿动物运送到杰弗森的示范农场……

他不明白是哪方面的示范。寻找新的方法对动物进行分类已成为必要手段。而分类正是他的专业，组织又是他的强项。就像他经常说的那样："和拉缪罗在一起，您可就是中大奖了！"之前在他的建议下，沃夫公司放弃了勉强能容纳几千只动物的传统工厂化农场，采用了真正的综合型工厂，这种模式效率极高，能够饲养五万多只猪和同样数量的奶牛。与外面传言不同的是，这里动物的待遇很好。它们所处的空间确实不大，彼此交流也很少，但是它们看起来并无怨言——至少在觉醒前是这样的。

杰弗森认为在首先觉醒的动物中，老鼠的进化程度更高。老鼠？它们那小脑子和习性……拉缪罗根本不愿意想。他无法把这些让人讨厌的动物排成一条长长的黑线登上拖车，另有一支小队监督它们上车的恼人画面从自己的脑海里驱逐出去。他觉得这支小队可能是老鼠的领导，但是他也不确定，他分不清那些老鼠谁是谁。

乌鸦们在卡车顶上边踱步边观察着这些老鼠。它们想要确认什么，是在清点老鼠的数量吗？它们能够做到这一点吗？虽然计算能力对它们在农场的工作而言是必需的，但是谁也不知道它们在觉醒后能力达到了什么程度。

拉缪罗叹了一口气。等一切就绪后，他就可以把示范农场丢给老鼠、乌鸦这些让人讨厌的动物了。然后他就可以去忙别的事了，比如研究新型生物电子机床、可靠且干净的创造物……

状况出乎意料！王子的卫士在追捕胆敢进城劫掠垃圾桶的反叛的狗或狐狸时，听到了针对它们的威胁："等着瞧吧，等我们成立了自己的共和国，你们就会变成被驱逐的一方！"

共和国？这显然是荒唐的，但是这样的威胁以不同的形式反复出现，这让王子想要进一步了解相关信息。当然，被它们抓住的鸟还没等它们开口，就全部交代了。它用这些情报碎片拼凑出了觉醒动物的计划全貌，从大象的号召到黑猩猩的大迁徙计划。

由数以万计的动物组成的队伍，将为王子的消灭觉醒行动带来全国范围，甚至国际范围内的影响。这些动物自以为觉醒了，却依然没有摆脱它们的本性，这个兽群对它的卫士而言是理想的训练场。它的短毛垂耳猎犬、塞特种长鬈毛猎犬和格里芬犬卫士们都会很高兴地展现它们的本领。至于獒、杜宾犬和罗威纳犬，它们也会满心欢喜。它们就是为战斗而生的，并且一直在等待机会证明这一点。

王子也需要警惕一些难以控制的大型动物，比如大象或犀牛。而且如果那些倒霉的食草动物傻里傻气地同意和猛兽一起行动的话，队伍里可能还会包括部分猛兽。但是动物园多年的定居生活让狮子变得软弱了。老虎也一样，它们从来没和任何敌人战斗过。就算它们蠢到去保护自己曾经的猎物，面对一支久经征战、身强力壮的犬类大军，它们又能做什么呢？

至于它与亨利·森格拉尔的会面计划，一开始是普皮带来的消息促成的。这只小母狗和森格拉尔的狗雷克斯保持着来往，因为它并不介意它的朋友为了取悦主人而选择缄默。在一次拜访中，它无意中听到了一段关于尊重自然和动物联盟被改名为双自联盟的对话，赶忙把这段对话汇报给了王子。虽然它的转述一如既往地有些混乱，但是王子明白了这个联盟可能对它很有用处。

它和亨利·森格拉尔见了面，向他讲述了大象们的事情。正如它所预料的那样，这个人类对觉醒动物们密谋的一切一无所知。王子表现得很有说服力，从该联盟获得了宝贵的后勤支持。它的军队绝不能在疲惫和饥饿中走上战场。在和迁徙队伍交锋前，它应做好所有卫士的运输和食物保障工作。

但是食物也不能太充足，否则它们的战斗热情可能会降低。诚然，为消灭觉醒而战是它们的动力，但是保持原始的肉食动物猎食的天性也是很有用的。仅仅用狂吠恐吓那些动物是不够的，通过撕咬把它们赶走也是不行的。它们必须以最坚决的态度解决问题，这意味着它们需要消灭尽可能多的动物。而幸存者会陷入深深的恐惧，逃得远远的。

杀掉一部分，驱逐另一部分，计划就是这么简单。

第三章　七　月

《新英格兰森林简报》6 月 11 日刊

在缅因州，在与它们常住森林的公有产权者和私有产权者的斗争中，美洲黑熊即将取得胜利。在它们的行为开始对该州经济造成严重威胁时，它们同意解除对多个城市的封锁，以换取对这些森林的控制权。条约将由缅因州州长和黑熊格劳恩及洛汗（最近我们在简报中报道了它们的婚礼）共同签署。但是州长拒绝证实该消息。

迁徙队伍由长颈鹿带领。它们距离地面将近五米的小脑袋是后面动物的集合标志。这是其他动物说服它们领队时所阐述的理由，但领队这一特权在本质上让它们感到害怕。群岛动物园的一只黑猩猩骑在一匹斑马志愿者的背上，和长颈鹿并列而行，为它们指路。

它们后面跟着食草动物的队伍：一群数量庞大的牛羚、斑马、来自不同产地的鹿、数量稍少一些的大羚羊、巨羚、黑马羚、黑斑羚、北美驼鹿，还有几只扭角林羚。然后是集中在一起的印度水牛和非洲水牛，同行的还有欧洲野牛和美洲野牛。除了离开养殖场的家养奶牛和公牛，牛群中还包括瓦图西长角牛、马达加斯加瘤牛和一只柬埔寨野牛，后者深色的脊背好像一块浮现在牛类动物浪潮中的礁石。

再往后聚集了更小型的动物：喜马拉雅的盘羊、落基山的山羊、阿拉斯加的驯鹿、巴克特里亚的骆驼和安第斯山的羊驼。由于澳大利亚袋鼠的跳跃方式和四足动物的步调不协调，它们在兽群中央获得了一片专属的宽阔空地。

紧随其后的是非洲野猪、大林猪、美洲野猪、貘和来自亚马孙地区的大型啮齿动物水豚。这些动物虽然灵巧度欠佳，但是极善行走。在集体行动的带动下，一直生活在动物园中和大象住在同一围栏内的疣猪克服了恐惧，也加入了大迁徙的行列。至于宣传小队当时注意到却没认出来的鼠豚，它在栖身的沼泽里从落在它身边的鹭那里听说了这次行动。它加入了其中一支小分队，后来小分队又汇入了急行军的大部队。

在庞大的食草动物群身后，大象和犀牛组成了一道移动的屏障，把它们和食肉动物群体隔开了。大型食肉动物，如老虎、狮子和豹子，被赋予了——或者说它们自己承担了护卫兽群的任务，抵御可能出现的犬类或人类的攻击。但是一些被它们保护的动物心存疑虑，不知道这些食肉动物到底是如何理解自身职责的：它们是把自己看作队伍的保护者，还是储备粮的看守者呢？

在出发前，大部分羚羊和斑马就把食草动物和食肉动物的严格分离作为它们参与行动的前提条件。大迁徙开始前，它们并不是都有机会像三山生态公园的动物那样和食肉动物进行沟通。它们当中大部分都对食肉动物心存警惕，担心食肉动物控制不住自己的天性。食肉动物有些恼火，但是也承认，它们从前的猎物需要时间才能认清现实。就算觉醒没有改变食肉动物的天性和它们的饮食需求，它们也改变了自己的行为。它们共同制定了一条严格的规则：禁止捕食觉醒动物。

事实上，猛兽所持的观点有细微差异，各个物种不尽相同。狮子和老虎坚决拥护这一决定，但是其他猛兽表现得没有那么坚定。豹子、鬣狗只是在被逼无奈的情况下勉勉强强地同意了——它们要么接受这样的法则，要么被迁徙队伍排除在外。至于小型食肉动物，如猞猁、豹猫、薮猫、细腰猫，以及马达加斯加的马岛獴，则没有人征求过它们的意见。大型食草动物觉得它们对自己构不成威胁，同时并不关心啮齿动物和鸟类的命运，这二者往往是这类食肉动物的猎物。而且，啮齿动物的叫声很难被理解。幸运的是，鸟类在它们的攻击范围外。

鸟类大部分时间都在飞行，在空中形成了一片巨大的云状队伍，其间点缀着南美大鹦鹉、巨嘴鸟和极乐鸟绚丽明亮的色彩。它们有时会落在大车上或大型四足动物的背上休息。在不会飞的鸟类中，鸵鸟、美洲鸵和鸸鹋根据自己的体形或行走或小步快跑。几对几维鸟和鹭鹤不会飞，同时由于体形太小无法跟上行进速度。它们在一辆大车上占据了一席之地，挨着犰狳、穿山甲、负鼠，还有树懒——谁也没指望树懒会自己行走。

动物解放团体的成员收集了一百多辆小车、四轮货车、两轮车，还有从前用牛或马拉的老式大车，这些大车被丢弃在谷仓里大量的木板和旧家具下。现在，同意为因体形太小或速度太慢而跟不上四足动物步伐的动物提供帮助的斑马、牛羚和水牛拉起了这些车。

车上数千只动物挨挨挤挤，它们大体上安于和自己不信任的邻座动物分享车上的空间。跳鼠和飞鼠紧挨着鼬鼠和水貂，它们觉醒前绝对会小心避免和后者这样危险的食肉动物接近。渐渐地，小物种调整了它们的位置分布，有相似之处的物种聚集到了一起。在七月的太阳下，白天对于这些动物而言是漫长的，它们偶尔会下车加入徒步迁徙的队伍。

杂食动物满足于捕食没有觉醒的小动物，例如昆虫、蜗牛，同行的动物通常都将它们视为无害的。因此，大食蚁兽、水獭和貘可以轻而易举地从一个队伍走到另一个队伍中，而不会引起其他动物的反对。尽管熊类采取了温和的态度，它们还是被要求加入大型猛兽的队伍。这一决定并没有让北极熊过于惊讶，它们认为自己和狮子、老虎是同类。

迁徙队伍中灵长类动物占了很大一部分。体形较小的狨猴、小绢猴和猕猴坐在车上。体形较大的在地上步行。黑猩猩需要不停地跑前跑后观察形势和维持秩序，一会儿跑到队首，一会儿跑到队尾，以确保一切正常。

出发的那天，队列中只有几千只动物，主要来自三山生态公园，但是队伍很快就发展壮大起来，将来自途经的动物园的小队和从更远处出发、赶上大部队的小队一一收编。它们沿途经过了森林和小树林，那些地方的大部分野生动物都更愿意留在原地，留在自己一直生活的环境中。但是，其中的一部分动物加入了迁徙队伍，建立动物共和国的前景吸引了它们，它们希望在共和国里过上更轻松的生活。在田野上漫步的猪、奶牛和山羊看到这支队伍经过时，追随着野生动物的步伐，壮大了它们的队伍。迁徙行动第一周结束时，队伍已包含两万多只动物。队伍绵延十几千米，速度较慢的那些动物使得整个队伍在行进中渐渐拉长。

除了河马，还有部分物种没有出现在迁徙队伍中，比如海豹、海象或海牛等水生动物。因为无法在迁徙途中为它们提供合适的生存条件，所以它们只能留在原地。同样，被关在动物园里的鲸类动物也不在队伍中，因为还没找到能够为它们提供援助的方案。

小疙瘩在公园里小步快跑着。它和它的朋友们在这里很安全，尽管宾果的卫士们不让它们离开公园。但卫士们并不是它不安的主要原因。它从尽职履行情报员职责的海鸥那里听说大迁徙开始了！它很为自己的朋友们担心，并且有些后悔没有跟他们一起行动。

突然，它的鼻子感到一阵刺激，它立刻就辨别出了那个气味。是滨螺！它抬起眼睛，看到了正向它奔来的狗。那只狗身后跟着两只准备啄它的乌鸦。小疙瘩对乌鸦喊话说那只狗是它的朋友，但其实它心里也不敢确定。不过那只狗看起来没有敌意，两只鸟终于离开了。

滨螺是夜帝最早的几个伙伴之一，小疙瘩和它见过几面。它的主人们给它起了个惹人发笑的滑稽名字。正是因为这个名字，滨螺觉醒后便毫无悔意地离开了他们。它加入了自由之犬，它很怀念那段时光。后来它遭到宾果的追捕时，没有抵抗就屈服了，它更希望活下来。但是在宾果麾下度过的这几个月中，它从来没有放弃过自己的想法。因此当卫士命令它惩罚其他狗时，它总是会注意只留下一些轻微的咬伤。在宾果举行漫长的仪式时，它会在内心给自己讲笑话，同时像规定的那样面无表情、紧闭双眼。

一听说夜帝回来了，它就主动要求参与公园区域的巡逻。宾果的一名卫士在乌鸦的攻击下身受重伤。它们不敢再进入公园，但它们继续监视着各个大门，希望能抓到夜帝。一到公园栅栏门前，滨螺就脱离了巡逻队伍。其他卫士觉得它疯了，试图阻止它自寻死路，但是滨螺无视了它们的狂吠，飞奔向公园的入口。它辨认出了夜帝的气味，很快又辨认出了小疙瘩、格洛丽亚、波派和它的另外几个朋友的气味。

夜帝友好地接待了它，没有一丝怀疑。所有狗都没有在滨螺身上嗅到虚伪或掩饰的敌意等可疑气味。气味并不比面孔更可信，但是这位投诚者还有另一个证明自己立场的证据，它分享了宾果的详细计划。夜帝尽管并不赞成黑猩猩主导的计划，但也不能坐视宾果对迁徙队伍发起攻击，更何况劳拉和她的朋友们也在队伍中和这些动物一起行动。小疙瘩建议通过克莱芒的父母和克莱芒取得联系，它也想和他们还有它以前的玩伴阿蒂尔见面。在翻译器的帮助下，它可以向他们解释清楚这件事关系重大。

这些狗不知道宾果的卫士会在什么时候对迁徙队伍发起进攻，但是能提前准备应对措施已经是一大优势了。而行动的开始时间是很容易就能探查到的：那时宾果的卫士会比平时激动；或者相反，若是收到了保持谨慎的命令，它们会比平时平静。无论如何，它们的行为都会发生改变……最重要的是，它们会停止在街道上巡逻。那样夜帝它们就有机会离开公园，甚至跟踪卫士了，而且它们也希望吸纳其他投诚者，因为消息已经传开了：自由之犬回来了！

最初的几天，迁徙队伍几乎没有引起媒体的注意。在动物普遍混乱的状况中，一群自由行动的动物无法构成有趣的新闻。随后，一些早期的图片开始流传，人们在图片中看到了一反常态的景象。这不再是狗群、鹿群或外来的鸟群，也不是偶然聚集到一起的一小群动物——这种现象随处可见，它们乞讨食物，并且有时会为了获取食物威胁人类。

恰恰相反，观察细致的目击者将之描述为一支有组织的、真正的行军队伍。另外可以注意到的是，随着其他小队的陆续汇入，它们的数量在不断增加。在重新梳理了事情的发展过程后，人们发现动物园、动物展览场所和动物主题公园几乎空了，就好像里面的动物都收到了召唤它们逃亡的信号。

在它们出发一个多星期后，人们发现，很明显这些动物并不是在田野中漫步，而是向着一个方向——南方前进。它们看起来有明确的目标。但这个目标是什么呢？前来采访这些动物的记者只获得了支离破碎、不连贯也不完整的回答。由于动物们拒绝停下来回答问题，记者们不得不和它们并排前行，以便和它们交流。但是跟在谁旁边呢？他们甚至分不出牛羚和巨羚、穿山甲和狁狳！除了那些最常见的物种，翻译器对他们来说一点儿用也没有。队伍里没有任何能回答他们问题的狗。大象令人捉摸不透，斑马说话过于简洁，而狮子说话又过于晦涩。和兽群同行的人类装作只负责后勤工作的样子。当队伍停下来时，他们要么吃饭，要么睡觉，始终拒绝进行交谈。

动物解放团体的成员每天在网上公布一些信息，主要是接下来几个阶段的定位和预计路线，这样，好奇的人就可以到现场围观迁徙队伍。路线附近村子的居民在动物们经过的道路旁聚集起来。大部队避开了城市，但是一些城里人也特意跑来见证这一盛况。他们坐在折叠椅上，为自己喜欢的物种鼓掌，如大象、猛兽，就好像他们在观看马戏团游行一样。

公众意见很快就从漠不关心转为大力支持。除了极少数反觉醒组织，比如双自联盟，所有人都对参与迁徙的动物展现出的纪律性和决心惊叹不已。大部分人都提高了对被圈养的动物的关注度，并且支持全面保护已觉醒的奶牛和猪。把关注点转向野生动物只是额外迈出的一小步。因为整个迁徙行动远离城市，对市民日常生活产生的影响极小，这让人们都保持了宽容的态度。

最后，一些意外得知消息的动物揭开了迁徙兽群的秘密：它们要去卡马尔格，那里有一个大象的社群在等待它们。这些迁徙的动物想要建立一个独立的共和国！事实上，动物们根本没考虑过它们想要建立的国家独立的可能性，也没有考虑过其国际法律地位。在网络上流传的这一说法让动物解放团体的成员感到担忧，这次他们想要避免激化矛盾。

一部分迁徙动物在白天睡觉、进食，等太阳落山后才启程。它们更喜欢在夜间行进，这更符合它们的生物钟。而且夜里路上的车和路边围观的人类都更少一些。其他动物更习惯白天行动，例如黑猩猩，它们认为夜晚是理想的睡眠时间。最初几天，它们为了适应夜行生物的节奏调整了自己的作息时间，但是因为它们在白天睡不好，再次出发时就很疲惫。不过这一问题很快就消失了。

迁徙动物数量的增长改变了队伍的组织模式，因为到后来，已经不可能让所有动物在同一时间出发了。出发十几天后，在它们到达中央高原最外围的山坡之前，迁徙队伍已经拉得太长了，几乎所有动物都可以根据自己的节奏，自主选择出发时间。

年轻人们也渐渐调整作息时间，主要在白天行进。阿莉雅和加布里埃尔一起行动，有时候他们的腿肚子又找回了当初在丛林历险时的感受。但是因为现在天气晴朗又暖和，他们的行进过程比之前令人愉快。糖糖又钻到了加布里埃尔的背包中，而蒙田常常落在阿莉雅的肩膀上。

当黑猩猩和其他物种无法互相理解时，鹦鹉就会出面提供帮助，维系了它们之间的交流。交流内容通常与食物有关。阿莉雅和加布里埃尔几乎一直与克莱芒保持着联系，后者负责监督把未觉醒的牛的肉、成包的干草、成箱的谷物、水果、鱼和昆虫运送到规划好的地点，为兽群提供食物。大部分时间，加里都和他们在一起，只有劳拉还是继续在夜间行动。

因为她向请求她同行的动物们做出了让步。自从这次迁徙开始，她身边就一直围绕着一群鸟和各式各样的其他动物，它们过来观察她、闻她的气味、用嘴或翅膀碰她。这些持续不断的关注让她有些困扰，随后她也加入了这个游戏：摸摸牛羚粗糙的毛，抚摸一下斑马的肋部。当她克服了内心的恐惧后，她甚至挠了挠老虎的下颌。但并不是所有动物都被她吸引。一些动物不相信劳拉·古皮的传奇故事或者对此毫无兴趣。而犀牛们并不知道她是谁，所以它们表现出接近于敌视的冷漠，正如它们对待人类的一贯态度。

在交流障碍面前，动物们试图相互协调。它们发出的声音并不一样，但是它们利用发音的声调和节奏，渐渐把各自的用语统一成一种既具有多元化又具有普适性的通用语。各物种在自己生理结构允许的范围内进行语言表达，并且尽量适应其他动物的口音。黑猩猩采用了这种语言，而劳拉花了很多时间和它们在一起，所以她也开始明白其中的一些词语的意思了。

加布里埃尔对姐姐所持的态度有些担心。他发现劳拉和动物们走得太近了，过于投入它们的行动。在一次休息期间，他问她到底想要追求什么。劳拉并不想就她受到的尊崇进行演讲，而是故意给出了相比她实际感受更加冷淡和科学的回答：“我们正在见证这些动物进化过程中的一次剧变，就好像数百万年的时光凝聚成了短短数月。这多么令人着迷！”

“这并不是真正的进化，因为这是人为的改变。”加布里埃尔试着回忆生物学课本上讲的内容。

“但这是我们自己所经历的，世界在高速演变。”

“但是你研制的病毒，那完全是在意料之外的……”

“进化总是这样的！没有人知道进化会向哪个方向发展。从前地球上还有剑齿虎。它们适应力极强，强大又有能力……但是它们后来消失了。相反，如今有数百万只家猫。”她往糖糖的方向瞥了一眼，补充道。

“这样的演变让你们占便宜了，”糖糖回答，“虽然你们谈论家猫的时候，我并不觉得和自己有关……”

“你说的对，但这并不是我的重点。剑齿虎的灭绝在当时是不可预见的。”劳拉看着迈着轻快的步伐从他们身边走过的羚羊和鹿，“它们以为自己知道要去哪里，但它们的未来其实并不确定。我只希望它们不会灭绝……”

太阳升起了。前一天晚上，动物解放团体的成员在布置好的食肉动物进食场所倾倒了一大桶冷冻鸡肉和五只切割好的牛。当然，这些被食用的动物都是未觉醒的。夜里，这些食物都被加热以备食用。结束了夜间行军的食肉动物一个接一个地到达了这里。

加布里埃尔和阿莉雅看着这些强大的食肉动物依次取得了自己的食物，然后往远处走了一些，以便安静地享用。狮子们重新聚集起来，小心翼翼地不去侵犯别人的领地，这样可以避免无意义的争端。群居动物中开始出现新的规则。伴随着觉醒，狮子们变得比以往更加宽容了，但是老虎们还是独自进食。

新鲜的空气中充满了鱼的味道，这些鱼是为熊和其他更适应鱼类食物的动物准备的，比如巨獭和一些海雕。狮子和老虎也尝了尝鱼的味道，它们渐渐适应了这些很少接触到的味道。一堆竹叶是为两只大熊猫准备的。这两只食草的熊科动物曾经试着和羚羊并排行走，但是它们的步调和这些有蹄动物并不协调。于是它们还是选择来到食肉动物群，加入了其他熊科动物。

跟在它们后面的是金钱豹、美洲豹、美洲狮和猎豹，加布里埃尔管它们叫“肉食爱好者”。和它们一起的还有鬣狗和非洲野犬，它们用余光互相监视着，以确保没有动物拿走规定份额以外的食物。它们不是唯一监督肉食分配的。黑猩猩面对猛兽时总是感到不自在，所以它们把这项任务交给了人类。

第三章　七　月

在落实她的阴谋前，豹惠有些犹豫。她没有和保罗·杰弗森说起过这件事，她不确定对方是否会同意。但是她绝不会就这么原谅她在森林遭受的冒犯。

她偷偷向猛兽们派遣了一位密使，那是一只带着录制好的信息的羊。信息中包括了与迁徙队伍中的猛兽会面的要求。会面需要在夜间悄悄进行。

一群猛兽同意会面。在漫长的迁徙中，它们的娱乐消遣极度匮乏，秘密行动这个主意理所当然地吸引了它们，尽管它们不知道这个人类有什么企图。一只狮子提议问问加布里埃尔沃夫公司到底是什么，但其他猛兽让它闭嘴，与其说它们这是不信任人类，不如说它们更多的是单纯地享受不依靠人类做决定的乐趣。

第二天晚上，这群猛兽悄悄地离开了大部队，没有引起任何动物和人的注意。因为食草动物的睡眠很容易被猛兽强烈的气味干扰。在睡眠中，食草动物的大脑会倾向于它们从前的猎物本能，因此，当闻到那些一直以来被视为天敌的动物的气味时，它们会突然惊醒，所以二者睡觉的地方相距很远。

夜晚，狮子和老虎能够行动自如，这一点和人类相反。据它们观察，人类在夜间几乎什么也看不见。他们晚上需要点灯，否则走路都会跌跌撞撞！猛兽们只用了几分钟就到达了约定的地点，那是小瀑布旁的一片林中空地。这个地点选得很好，因为水流打在卵石上的声音能够盖过他们的说话声。

一如既往，豹惠是独自前来的。她的线人保证这些猛兽并不危险。而且她也不希望任何别的人类或动物见证这次会谈。她向围成一圈趴在草地上的猫科动物做了自我介绍："我叫豹惠，是沃夫公司董事长杰弗森先生的私人助理，你们听说过他吧？"

她带着疑问语气强调了最后半句，但是她不确定猫科动物们是否注意到了这一点。她并没有等太久。一只狮子开口，发出了一连串沙哑的呼啸和嚎叫，翻译器立刻进行了翻译："没有。向我们解释一下。"

豹惠简要描述了公司的业务，特别强调了目前牲畜觉醒带来的问题。

"这和我们有什么关系？"一只老虎吼叫道。尽管它并没有提高音量，但它发出来的声音还是让豹惠后背发冷。她并不是感到害怕，而是被这些杰出的猫科动物深深震撼了。

"出现在大迁徙队伍中意味着你们决定掌控自己的命运。

我知道你们已经开始考虑食物问题了。在建立了那个动物共和国之后，你们要怎么获取必要的食物呢？现在那些为你们提供食物的人类在几个月或者几年之后，可能就不愿意继续这么做了。如果你们以其他公民为食，那你们的国家也维系不了多久。”她停顿了一下，看向面前的猫科动物，以便让自己的发言更有力度。

“我猜你有什么提议。”一只母狮子说。

“是的。我们可以为你们提供成群的未觉醒动物：猪、羊、奶牛，或者你们喜欢的任何动物……”

“你想要什么作为交换？”母狮子继续问道，它看起来已经明白了何为商业关系。

“你们将负责养殖场运作，而我们将会从中抽取一部分收益——用于供给人类食用的动物。”

“但是我们对养殖毫无了解，而且我们是捕食者，不是牧羊犬。”一只老虎低声吼叫道。

“你们可以学习……”豹惠笑着回答，“以前，人类也是猎人，后来才变成了养殖者。你们完全可以走同样的路线。”

豹惠原本想讲狗也在进化中改变了它们的身份，摒弃了很大一部分狼性，但是她及时意识到猛兽们不会喜欢这个类比。于是她提出了另外的论点：“你们并不会孤单。你们可以让其他动物替自己工作。就像所有的社会一样，你们的共和国也会有统治者和被统治者。猛兽的使命就是领导其他动物，组成共和国的上层。但是我们今晚不会讨论协议的具体细节，也不会讨论你们的社会结构。这些留到我们制订合同时再说。我现在主要想了解你们的大致意见。”

这些大型猫科动物开始相互交流，但是翻译器无法从这些低沉的咆哮和吼叫组成的嘈杂声中提取出可辨识的语句。接着出现了一个清晰有力的声音，又是那只母狮子：“我们对你的提案很感兴趣。我们需要内部再讨论一下。三天后再来，到时我们会给你答复。”说完猛兽们站了起来，准备离开。

豹惠再次开口：“我还有一件事没说。我有一个比较特殊的要求，算是不写在合同里的秘密条款……”

狮子和老虎们盯着她，等待下文。

“协议生效的前提是，你们得杀掉劳拉·古皮。”

“狗！狗来了！”最开始是时刻保持戒备的羚羊这么喊的。随后，水牛哞哞叫着，斑马嘶鸣着，疣猪嚎叫着——在恐慌上它们从不落后——消息就像火星沿着导火索燃烧一样在迁徙队伍中飞快传播开来。警报传到了猛兽耳朵里，它们赶忙跑向队列的前端。但是紧接着传来了更缓慢、更平静的第二声呼喊："假警报！假警报！"

首先，出现的是狼，而不是狗。其次，只出现了两只狼。它们就算饥肠辘辘且没有觉醒，也无法对这样庞大的动物群造成重大威胁。

一听到最初的喊叫，奔跑者和思想者立刻就停下了脚步。它们等食草动物平静下来后，才缓缓地靠近，同时左右摇摆着尾巴，以示友善。

在一只鹦鹉的帮助下，走在这段队伍中的黑猩猩向两只狼解释，它们应该去食肉动物那边，并且告知它们可以在这里等待食肉动物的队伍，但是要和其他动物保持距离，以免再次触发警报。

几小时后，两只狼看到大型猛兽走来了，后者惊讶于区区两只狼竟然造成了这么大的恐慌。它们把两只狼带到了中型食肉动物的小队，其中已经包括了一百多只狼、大量鬣狗，还有很多不同毛色的猫科动物。

奔跑者和思想者在同类中感到更加自在。它们和迁徙队伍一起待了几天，一路上和其他动物交流，最终确信它们的族群能够在这里找到白狼所希望的避风港。像商量好的那样，奔跑者把同伴留在了队伍中，自己则快步、稳健地踏上了返回狼群的旅程。

亨利·森格拉尔建议在城外的一大片荒地上集合犬类军队。这里荒无人烟，空气中弥漫着淡淡的猪的气味，就好像附近有牲畜市场一样。王子很快就意识到这个人类并没有听进去它的话。现场只有两辆半挂车，每辆车最多装两百只狗。谁也没有想到预留额外的加层，它们不可能像叠罗汉那样摞起来！

森格拉尔目瞪口呆地看着王子的大部队从空地四周的道路拥来。王子确实跟他提起过有五千名卫士，但是他以为是自己理解错了。白色的大狗向他走来，冷漠地吠道："你只能找到这些车？"

"对不起，我没想到……"

"但是我之前通知你了。你能尽快解决这个问题吗？"

森格拉尔转向两位陪同他前来的双自联盟成员，传达了王子的要求。其中一个人打了几通电话，然后汇报了沟通成果："两小时内会加派六辆三层的运输卡车。半挂车可以装下六百只狗，挤一挤的话能装下八百只。"

王子嘟囔着说这样应该可以，然后充满威严地向远处走去，视察正在进行分组的卫士们。

夜帝和小疙瘩隐藏在它们后面的灌木丛中，观察着它们和人类的行动。出于谨慎，它们在疣猪的围栏里打了滚，那里充满了疣猪粪便的味道。它们身上的犬类气息消失了，取而代之的是令人作呕的疣猪气味。尽管感到反胃，但是这种味道也让它们放下心来，因为现在没有狗会注意到它们的存在了。至于人类，他们在越来越浓厚的夜色中甚至看不到这两只狗。

它们又等了两个小时，耐心终于获得回报。运送牲畜的卡车停好后，司机走向森格拉尔，询问具体的目的地。在最后关头才接到通知让司机们感到恼火，他们高声重复着要求，以便整合信息。

两只狗一听到预计的攻击地点就悄悄溜走了。在没有宾果的卫士的街道上，小疙瘩可以毫无顾虑地飞奔。它把情报传递给克莱芒的父母，后者向它表示了感谢，并且提出帮它好好洗个澡，清除掉它身上疣猪的臭味。

在迁徙队伍中，一些动物更愿意和自己的同类待在一起，远离陌生的物种。与之相反，喜欢社交的动物欣然接受了物种混杂的情况。斑马喜欢和牛羚并排行走，而后者也很乐意和这些比它们更活泼、更无忧无虑的动物同路。天性孤僻的獾伽狓则和其他动物保持了距离。另有一些物种只有独自一只，比如土豚，而且该物种已经没有任何近亲了。在不同的日子里，它要么加入饮食口味相似的大食蚁兽群体，要么加入外貌有些许相似的各种野猪群体。

身份问题虽然并不是主要矛盾，但是经常出现在对话中，因为长时间的迁徙促进它们思考。比如，野牛算是反刍动物还是食草动物呢？这两种分类有什么区别？它算是一只动物还是一只牛？在包含了数万只动物的队伍中，要怎么进行自我定位？

非洲象的名字取自其遥远的原产地，但是它们当中的一部分一直生长在欧洲。索菲和它的朋友们就犹豫过要不要回到故乡。但是所谓的故乡又在哪里呢？它们对此一无所知，而且这真的重要吗？或许有一天它们会在旅途中遇到来自老家或其他地方的远亲。它们有时会这么开玩笑，但是也知道它们回到故乡的旅行可能永远也不会实现。

灵长类心中也有一些问题。亚当进一步补充、细化了它在群岛动物园就开始制定的分类。这只黑猩猩对各个族群间的差异愈发敏感，而这种差异超过了能拉近动物们之间距离的相似点。面对任何动物，它首先关注的是物种，而非个体。但是觉醒也放大了个体性格的差异。一些动物符合其物种的典型性格，另一些则突破了天性的限制。

在群岛动物园，亚当一直和猿类生活在一起，自以为对它们，至少对黑猩猩和大猩猩很了解。但是它搞不懂牛的动机是什么，并且有点儿看不起它们不同的生理结构——那些笨重的蹄子什么东西都拿不起来。同样地，它认为猛兽眼里只有肉。在它眼里，这些多少带有主观意识的差异为它将要在灵长类动物的集会上提出的观点提供了有力的支持。亚当认为，黑猩猩和人类的相似性赋予了它们独特的能力，这些能力理应为它们带来特权。

一天晚上，在太阳下走了一整天的动物们终于可以在灌木丛的阴影里稍做休息。亚当把所有黑猩猩召集到了一起。它们的数量有将近一百只，这个群体差不多包括了法国境内所有的黑猩猩，其中很大一部分来自群岛动物园和三山生态公园。

它的亲信都出席了，包括普罗米、佐伊、阿贝尔，当然还有露西。它也认出了三山生态公园的纳里奥，后者和自己的族人待在一起，这意味着至少它暂时承认了亚当在扩大后的部落中雄性领导者的地位。但是纳里奥并没有像其他已觉醒的黑猩猩一样，发出混杂着喘息的呼噜声向亚当致意。纳里奥身旁是它的手下斯巴达克。和它们相处过一段时间的普罗米认为，纳里奥会是本次行动中可靠的盟友。

等大家都安顿下来，亚当开始用双手比画手势："人类摧毁了我们安身的森林，为了他们自己取暖、住房、娱乐、建造其他东西……我们无法再回到自己的家园，而是要建立一个供自己立足的动物共和国，夺回属于我们的空间。关于这一点，我之后再和你们详谈。"

它正要切入问题的核心，即减少人类对黑猩猩自由居住的地区的占用，以及破坏人类工业的计划，但是一阵喊叫声打断了它……不，那更像是笑声，它很容易就认出了这种听过太多次的声音。那是迭戈和它的山魈群。一起来的还有大猩猩和猩猩，它们神气十足地坐在黑猩猩当中。

迭戈正对着亚当，扯出一个大大的笑容，露出自己具有攻击性的獠牙。尽管没被允许，它还是自顾自地开了口："抱歉我们来晚了，但是……奇怪的是，我们并没有收到会议邀请！”

“你们根本没被邀请。”亚当反驳道，“这是我们黑猩猩的内部会议。”

“我看到这里也没有矮黑猩猩。那可是你们的近亲。”

亚当耸了耸肩，它没有意识到自己模仿了群岛动物园饲养员的动作。它看不上矮黑猩猩的风俗。它尤其害怕矮黑猩猩社会实行的母系氏族制渗透到自己的种族中，这在它看来是不可忍受的。因此，亚当试图疏远它们，这么做影响并不大，因为矮黑猩猩的数量很少。至于其他猿类，则没有资格出现在这里：“我们是和人类亲缘关系最近的动物，却没有他们那种疯狂的统治欲。我们不仅是人类最正当的继承者，而且在生理构造上也可以轻松适应他们的发明创造。我们可以驾驶汽车、使用机器……”

“或者玩他们的游戏。”迭戈打断道。

“我是认真的，迭戈，你那些蠢话就省省吧。总之，为了所有动物的利益，我们应该也能够担起动物革命的重任。”

“或许你们比我们更像人类，但我看不出这意义何在。况且我们的数量比你们多得多。”

迭戈说的没错。山魈的社群并不大，但是算上各类狒狒、长臂猿，以及来到集会现场的几只大猩猩和猩猩，黑猩猩就不占优势了。山魈挺直了身子，看起来几乎和亚当一样高大。“如果你觉得可以轻易摆脱人类，那就大错特错了。你需要我们，需要我们所有，”迭戈用一个大幅度的动作示意全体与会者，“现在，如果你愿意把那个充满智慧的计划分享给我们……”

猪又忘了在进门前擦干净它的蹄子，保罗·杰弗森铺在办公室的地毯又被弄脏了。即便身处事件的中心，杰弗森还是试图构建自己熟悉的环境，但是这里似乎没有生物愿意遵守最浅显的规则！

不过在这些烦恼之外，他还是相当满意的。尽管大部分子公司的总经理面对正在发生的革命选择了放弃，但是有几个人还是接受了他的提议，想要迎接挑战，顺应觉醒改造整个肉类生产领域。拉缪罗总经理偶尔会在老鼠的问题上持保留意见，但还是展现出了十足的干劲。

一些人类工人同意了和动物一起工作，前提是后者必须严格服从他们的命令。动物可以参与，但是不能把主导权交到它们手里。听了杰弗森的讲话后，所有隐瞒了自己觉醒事实的奶牛都承认了。其中一部分选择离开工厂。这些奶牛认为自己能够独立生存，按它们的话说，它们不愿意继续这种“难过得要死”的生活。其他奶牛接受了人类提供的工作，但是最开始的尝试并不成功，因为它们很难遵守工业流程的规定节奏。

奶牛们会仔细衡量每一个决定，即便被分配的任务都是最基础的，比如搬运饲料袋，这样人类就不用亲自完成这些技术含量不高的工作了。但是奶牛就此提出的问题并不那么简单。它们考虑的并不是怎么落实工作，也不是把东西放在哪里，而是为什么。为什么要这样完成这项工作，而不是用其他的方法？另外，为什么要做这项工作？这么做真的有意义吗？对谁而言是有意义的？由于缺少关于世界和工厂运作的具体说明，它们对所有可能性都进行了长时间的反复思考，因此明显拖慢了行动速度。

一旦它们彻底理解了自己在工厂中扮演的角色，又出现新的叛逃者——一些奶牛发现自己花费的精力完全是无用功。它们向所有人表示了感谢，然后离开了工厂。剩下的奶牛以一种更稳定的节奏投入了工作，但是无法忍受帮助人类剥削自己未觉醒的同类。很快，它们也辞职了。

杰弗森并没有气馁，而是想到了其他方案。为了避免感情上的困扰，他把未觉醒的奶牛交给了已觉醒的猪。令人惊讶的是，得知继续隐瞒觉醒的后果之后，猪很快就接受了现实。由于对外部世界几乎一无所知，它们之前才会有那种怪异的行为。无知让猪产生了焦虑，担心自己会成为某个巨大阴谋的受害者。当听说觉醒只是帮助它们摆脱必然命运时，所有猪都松了一口气。

拉缪罗让人在猪棚的墙上安装了大屏幕。他挑选了各种吓人的新闻、纪录片、故事片，每天播放好几个小时给猪观看。这样一来，猪觉得外面的世界非常危险，于是大部分猪都接受了沃夫公司的提议：它们参与工厂的工作，以换取人类的保护和喂养。这些猪特别需要甄别出未觉醒母猪产下的觉醒的猪崽——这种情况偶尔也会出现——以避免它们被当作未觉醒的猪对待。

尽管情况并不理想，因为它们内心深处对人类说的持怀疑态度，不过它们还是毫无怨言地工作着。它们并不缺乏想象力，但是从不就工作本身提出质疑。此外，面对让它们回想起自己曾经的境况的未觉醒动物，它们并没有什么同情心。

正如之前计划的一样，乌鸦和老鼠成了它们的助手。这些鸟学会了用电脑调度饲料运输链或指挥奶牛的挤奶器。甚至无须改造键盘，它们就能用喙在上面敲打指令。但拉缪罗不得不重新启用了一些老式电脑，因为相比触屏，鼠标更适合乌鸦的爪子。同时，乌鸦还负责管理老鼠清洁地面、循环生活废水的工作。在这些不讨人喜欢的任务中，老鼠比机器人更有效率，非常适应这样的环境。

工厂中只留下少数人类监督养殖场。无论如何，他们不可能全都继续在牲口棚里和上千只到处跑的老鼠，还有在金属横梁上发号施令的乌鸦一起工作。

生产成本被降至最低。现在可以保证以较低的成本向屠宰场供应未觉醒动物作为肉源了。保罗·杰弗森很满意。面对沃夫公司内部的反对者，他力排众议，成功落实了这种经营模式。看起来他们有可能渡过动物觉醒引发的危机了！

现在公司的财务方面稳定了下来，他可以全身心地投入具有革新性和潜力的项目了，也就是豹惠目前在野生动物群体中开展的工作。他的助手已经就首次会面发回了一份颇为乐观的报告。杰弗森远程关注着大部队向南迁徙的进度。他需要注意动物们的精神状态，以及它们转变为养殖者和消费者的可能性。

亚当沿着队伍向后卫部队走去。就像每次和猛兽会面那样，它邀请了糖糖一同前往。身边有一只小型猫科动物会让亚当感到更自在些，但它也会质疑自己是不是有点儿迷信。亚当提出糖糖可以站到它的肩头，但是这只猫更愿意和它并排前行。为了不冒犯黑猩猩，糖糖表示偶尔进行适量运动有助于保持身材。同行的还有灰鹦鹉蒙田，因为它和人类走得很近，亚当几乎把它看作一个人类。亚当注意到这只猫和这只鸟总是形影不离，它好奇是什么让两个差异如此大的物种能够融洽相处。它觉得这很奇怪，甚至感到不安，就好像它对物种间自然屏障的认知出现了缺陷。

三只动物在野猪的队伍旁走过，随后经过了虽然体形庞大，但是步履轻盈的厚皮动物。糖糖停住脚步，注视着它们走过。大象总是让它心生赞叹。

“真是既庞大又壮观的存在！”它激动地冲蒙田喵喵叫着。

而后是漫长的车队。亚当注意到了挂在车上的粗绳子、皮带和挂钩，这些东西在之后的行动中会派上大用场。它正好打算把这个行动告知猛兽们，但是一定不能被其他人发现。它决定利用眼前的机会。

这次会谈的官方理由是犬类即将发动进攻，而领导它们的是臭名昭著的王子——迁徙队伍中的很多动物，尤其是宠物们，都听说过这个名字。佐伊和普罗米认为猛兽们应该分散在队伍各处，这样不管敌人从哪里进攻，它们都可以进行有效防御。亚当不信任食肉动物，也担心食草动物无法接受和食肉动物离得太近。但它还是听取了同伴的意见，决定向猛兽们提出一个折中的方案，它们会分散在队伍各处，同时，胆子最大的食草动物会围在它们身边，以划清两种动物的界限。

亚当、糖糖和蒙田终于看到了食肉动物的身影，为首的是狮子和老虎，后面跟着别的猫科动物、狼、北极熊和其他动物。糖糖也很仰慕这些猛兽，但是它们的体形让它有些不适，它们就像是不受限制、飞快生长、体形超标的猫。

亚当向它们打了招呼，然后和走在最前面的动物交谈，它想当然地认为这些应该是猛兽队伍的领导者。亚当和它们一起制订了预防和反击对策。然后，当事情谈妥，和人类亲近的猫和鹦鹉也离得足够远时，它补充道："我还有一件事想和你们商量，是关于帮助我们生活在其他大陆的同胞的。如果你们愿意的话，我们可以等一会儿，晚上再见面，最好避开人类的注意。"

一只老虎认真地盯着它，学着人类的样子点了点头："好，今晚，晚饭后。"

考虑到当地的天气状况，王子把军队部署在迁徙队伍的下风地带，这样后者就不会捕捉到它们的气味了。狗集中在一片树林里，明天迁徙队伍会从这下面的大路上经过。这个夹在两道陡坡中间的峡谷是非常理想的伏击地点。峡谷深处有一条人迹罕至的道路沿着大河蜿蜒伸展。山顶上的树林一直覆盖到半山坡，再往下则是草场。山坡上没有障碍物，这方便了犬类快速出击，发动闪电战。它们藏身于树木间，等待着迁徙动物的先头部队抵达。

遵照指令，卫士让长颈鹿和迁徙队伍前方体形最大、体重最重的牛先通过了。王子规划的攻击分为两个阶段。第一波攻击中，被挑选出来的体形最大、最凶猛的五百只卫士负责制造恐慌。第二波攻击中，战斗经验较少但是数量更多的狗可以轻而易举地打击恐慌且混乱的迁徙队伍。它们的介入可以为卫士迎战食肉动物创造条件，尽管被四散逃窜的动物牵制了脚步和速度，后者最终还是会赶来。王子听电视里的专家说，一支意志坚定的小型部队可以战胜一大群毫无准备、缺少领导的士兵。而眼下的敌人甚至不是士兵，只是刚刚摆脱原始混沌状态、尚未开化的动物。

当它派出卫士时，事态的发展似乎证明了其策略的有效性。受到演讲的激励，以及迁徙动物的气味刺激，几百只狗向目标队列发起了进攻，高喊着“消灭罪恶的存在”。它们毫不犹豫地冲进混乱的反刍动物中间，扑向羚羊和瞪羚的喉咙。这些易于攻击的猎物以为自己很安全，从而丧失了天性中的警觉。它们被攻击队伍的凶残和庞大的规模吓坏了，试图逃跑，却很难在峡谷的狭小空间里分散开来，只能任由宰割。

被最可靠的卫士包围着，王子也加入了混战，用嚎叫振奋士气。在它那低沉而沙哑的声音的鼓舞下，犬类更猛烈地撕咬着敌人。它首先展现出了一定的领导力，然后陷入了某种暴怒情绪中，任由自己被几个月来占据内心的致命冲动支配。

鲜血让王子的卫士们兴奋不已，它们试图从两个相反的方向突破迁徙队伍，这样可以让突袭的效果更持久一些。但这时，它们遇到了比想象中顽强的对手，先头部队的狗撞上了一道结实的防御墙。水牛一听到叫喊声就采取了前几天已重复多次的防御阵型。这道由水牛组成的墙缓缓地向狗群移动。水牛低下头，露出巨大的犄角，狗一下子失去了战斗力，它们的尖牙和利爪都派不上用场了。最前面的卫士被锋利的牛角刺穿了腹部，这让卫士们变得更加疯狂了。但紧接着，它们节节败退，不得不撤离战场。

王子带领着一批卫士想要再次登上山坡，却寸步难行，因为在混乱中，下面继续前进的动物不断推挤着它们。当狗通过撕咬在包围圈中杀出一片空地时，老虎、狮子也终于赶到了，后面跟着鬣狗和因兴奋而吼叫的豹子，这片空地正好成了它们的战场。王子意识到战斗的决定性时刻到来了，因为如果失去了这些保护者，整个迁徙队伍就只是一群受到惊吓的动物而已。于是，王子向大型食肉动物发起了攻击。

组成第二波攻击梯队的其他狗都从山坡上跑下来，带着王子赋予它们的激情加入了战斗。但它们很快就被野牛踩伤，被食蚁兽抓伤，被大羚羊的角刺伤，被豪猪的刺戳伤，被大象踩在脚下碾压。这些它们以为觉醒程度不高、性格温顺的食草动物，和它们在城市里遭遇的狗和猫完全不同。仅仅几分钟，王子的浩荡大军就变成了一群惊慌失措的小狗，汪汪叫着四散奔逃。

被水牛和猛兽夹击的卫士抵抗的时间更久一些，最后还是不得不夹着尾巴逃跑，狼狈地爬上山坡——不到一小时前，它们才信心满满地从那里下来。王子这只大型白色牧羊犬的毛上沾满了鲜血，它狂暴的情绪突然被冷静取代了。不像周围其他的狗，它并没有被吓傻，而是开始思考这场大败的根源。

事实上，王子犯了严重的错误。它高估了己方军队的实力。追捕城市里的猫和狗对它的卫士来说并不是问题，但现在它们面对的是更危险的动物。它低估了对手。一只敢于顶撞狮子的水牛在面对一只狗，甚至好几只狗时，完全不会有一丝恐惧。动物园的监禁生活并没有像王子想象的那样让猛兽变得软弱，最近几周的徒步迁徙也为它们的反击做好了准备。它还忽略了咬合力惊人的鬣狗，它们和大型食肉动物发生正面冲突时都毫不畏惧。当然，它也没有预料到敌人有所准备，迁徙动物的守卫会反击。

这还不是最糟的。尽管能够像有组织的民兵一样行动，但是数月的严格训练并没有让它的手下变成一支真正的军队。觉醒前，街上的流浪狗就没有像狼群一样的组织结构。它们不承认某只狗的权威，相比有效率的行动，会花更多时间互相争执。与其说是族群，不如说是一群糊涂且低效的伙伴。觉醒不但没有改善这种情况，还加重了问题。指令越是具体，狗越会展开讨论。

战斗并没有持续太久。狗造成了迁徙动物的大量伤亡，但是狗的尸体也铺满了峡谷底部。王子部队的幸存者分散在附近人迹罕至、覆盖着森林和草场的山中。鬣狗又追踪了几天，咬死了很多只狗。它们回到队伍中时，动物们能看到它们的脸上还沾着血污。

杀戮的画面并没有被记录下来。把狗送到森林里后，卡车司机立刻就离开了。亨利·森格拉尔也和他们一起走了，他不想看到屠杀的场景。在他看来，由于觉醒，这些受害者已不再属于动物界了。时间很早，因此没有任何人类目击者。在迁徙队伍中，唯一有能力使用相关设备的猿类并没有想到要把战斗记录下来。

至于同行的人类，他们走在队伍的后部，虽然能听到牛叫和犬吠，但是看不到战斗场面。就算他们真的想要参与，也会被阻止。动物们一听到最开始的嚎叫，就在劳拉·古皮和她的朋友们周围形成了一道保护网。年轻人们只有在几个小时后穿过战斗区域时，才看到了犬类进攻的结果。死去的数百只羚羊、黄鹿、驯鹿、盘羊和其他动物被堆在路边。迁徙动物缓缓地走过染血的尸体，一声不吭。它们紧紧地挨在一起，间距比平时更小，像是要安慰自己：它们团结在一起，什么也不能让它们分离。

对于法国政界来说，这太过分了。一直以来，由于没有充分的理由，他们没有出面干预。“没有牵绳的动物乱跑”肯定无法构成警方干预的理由。他们确实听说了建立动物共和国的传言。尽管国家面临分裂的可能——如果这种威胁确定存在，那肯定要加以阻止——但是这一切看起来都不太靠谱。另外，公众对被媒体称为“觉醒动物大迁徙”的事件十分关注。除非必须，他们不会自找麻烦，跟舆论作对。

但现在，事件涉及公共安全。如果动物开始自相残杀，它们的战争早晚会波及人类，而这种可能性是不可接受的。宪兵队被派去终止动物之间的暴力行为。但是，官方发言只提到在一场可怖的屠杀中很多狗被谋杀，却忽略了其他非犬类的伤亡。而对于战斗背景和双方各自负有的责任，官方也没有任何具体说明。

因为动物们的迁徙路线会稍微提前一些公布，所以宪兵队很容易就在它们的必经之路上设置了路障。他们还准备了货车，想把动物送回动物园。多支保安部队被叫来增援。同时，作为防御措施，警察扣押了动物解放团体的十来个成员，理由是他们扰乱公共治安和企图分裂国家，旨在降低声援示威活动的风险。

但宪兵队只接触过人类群体。当看到走在最前面的动物时，他们意识到自己甚至没理解“兽群”的含义。他们想到的是温顺的奶牛和咩咩叫的绵羊，但是眼前出现的却是长颈鹿，他们并没有准备适合应对它们的工具。

对该事件进行报道的记者们不得不承认，宪兵队不太走运。遭遇犬类进攻后，迁徙队伍重新进行了调整。鉴于猛兽们展现出了和食草动物团结的坚定不移的精神，两个动物群体之间的缓冲带被弱化了。之前一直扮演缓冲角色的大象和犀牛现在走在队伍前列，以防范针对先头部队的任何攻击。为了不惹恼长颈鹿，大象和犀牛还是让它们继续走在最前方，自己在其后组成了一道壮观的壁垒。

当长颈鹿撞上路障时，它们在惊慌中四下散开，给厚皮动物留出了位置。突然看到这条由犄角和长牙组成的阵线，宪兵队立刻撤退，他们觉得待在横跨道路的金属障碍物后更有安全感。但犀牛几下就用角把障碍物推到了一边，而大象则平静地把挡住兽群去路的汽车都掀翻了。

宪兵重新整队，把催泪弹发射器对准它们，不过他们不太确定这种武器对动物是否有效。但是前来围观迁徙动物的人类观众立刻爆发出一阵喧哗。他们一直等待兽群到达，想知道宪兵队到底想做什么。看到后者做好了战斗准备，人群便开始大声抗议。而动物那边，水牛和野牛跟在犀牛身后平静地前进着，并没有注意到前面发生了什么。一边是人类抗议者，另一边是实力远超他们应对能力的动物，宪兵队不想引发严重事故，做出了让步。

接下来，鉴于动物们没有造成经济损失，兽群穿过公路或接近敏感地带时，他们也就只是在远处监视着。

途经里昂市及其郊区时，兽群进入了罗讷河谷，小心避开了沿河的高速公路和铁路。靠近下游的地方是亚当和它手下的黑猩猩准备攻击的工业区。

它们计划的首要目标是破坏尽可能多的天线，以干扰通信。运气好的话，倒下的天线会横在路中间，可以阻碍交通。为了这步行动，黑猩猩们招募了“行走的推土机”——犀牛。除了大象，它们大概是最强大的陆地动物，也是对人类敌意最大的。亚当来寻求帮助时，它们毫不犹豫地答应了。山魈会在一旁把绳子和挂钩固定到天线塔上，这个任务对犀牛来说显然是无法完成的。迭戈负责领导这项行动，它很高兴能制造混乱。

这次袭击应该会拖慢人类救援和军队的速度，这样它们就有时间前往发电厂，也就是主要的进攻地点。一支由黑猩猩和山魈组成的突击队会进入发电厂，配合乌鸦行动。乌鸦主要负责掩护猿类的进攻，因为它们不能掀翻机器、拔掉电缆，并在离开前放火烧掉整个厂区。在亚当的计划中，多项行动应分毫不差地同步进行，以方便黑猩猩顺利进入发电厂。发电厂外有铁网和电网的双重防护，唯一的入口就是由武装警卫看守的正门。因此，还需要猛兽、乌鸦和河狸的帮助。

狮子和老虎对这项计划很感兴趣。它们认真听了亚当的讲解，并且记住了这次袭击的所有步骤。它们会出现在发电厂门口，让警卫陷入恐慌。同时，乌鸦会破坏掉探照灯。猛兽作为诱饵引开警卫，猿类趁机悄悄溜进发电厂。

行动成功的关键在于河狸。它们要跳进河里，堵住发电厂用于冷却的巨大进水口。亚当不太明白这些进水口的作用，但是根据它在群岛动物园小图书馆的一本百科全书里找到的发电厂示意图来看，它们或许很重要。它希望这个行动能在发电厂里造成出其不意的效果。警报声会转移警卫的注意力，同时也会向猛兽和乌鸦发出进攻的信号。因为大型啮齿动物的行动起着决定性作用，亚当把征募任务交给了它的副手普罗米和来自三山生态公园的年轻的斯巴达克。

亚当知道它们的行动只会造成轻微的损害。仅凭一小群猿类无法大幅削弱这个国家的经济，也无法阻止人类破坏全世界自由的动物的生活区域。但它希望这次行动可以引发一场以黑猩猩为首的、更广泛的动物运动。它和它的朋友们把自己视为动物革命的先锋，而这场革命比大象们的计划要激进得多。攻击发电厂只是第一步。它还想夺取正在建设中的共和国，因为这样会让宣传工作变得更容易。

像往常一样，查理做好了万全的准备。

查理的手下派出了一大群椋鸟跟着黑猩猩所在的大部队前进。它们需要落在发电厂附近，等待商量好的信号。然后，乌鸦部队会进攻所有能进入的开口。高速飞行的鸟会撞击窗户。可能会有成百上千的鸟因此牺牲，但是它们最终一定能击碎玻璃。查理对此深信不疑。它们在偏远的房屋旁做的试验证明，所有玻璃最终都会破碎。

一旦突破了第一道防线，乌鸦大军就能进入发电厂了。数千只盘旋在走廊和房间里的椋鸟会造成巨大的破坏，最重要的是为后续部队开道。这样，乌鸦就可以进入建筑物更深处，甚至可以到达控制室。在这一阶段，查理希望值早班的几个人类陷入恐慌。每次他们试图逃跑，都会打开更多的门，从而为鸟类入侵提供便利。任务目标很简单，那就是摧毁发电厂里所有的屏幕和电子键盘。

查理把行动的第一部分，即派遣椋鸟群，交给了副手们。如果想让它们学习领导技巧，那就得给它们一些权利。椋鸟群的更新换代速度很快，这样也可以让新生的椋鸟认识这些副手。与此同时，查理之声把孩子托付给了邻居。在它的陪伴下，查理绕道拜访了沃夫公司的工厂，以确认是否一切都在按协议顺利进行。

接近工厂时，查理在空中绕了一大圈，以便观察其全貌。查理之声呱呱叫着向它指出了四周围绕着花圃和草坪，像是办公大楼的建筑物。两只乌鸦落在玻璃大门前的地面上，但是没有人来开门请它们进去。查理很恼怒，它观察着大楼的外侧，发现了一扇半开的窗户。它飞到那里，钻了进去，查理之声紧随其后。

它们显然是来到了一个会议室。会议室正对着的走廊里也空无一人。两只乌鸦在走廊上走着。查理之声犹豫了一下，但是因为它生下了查理的孩子，所以又自信起来："我跟您说过，周日办公室不开门。我们最好去牲口棚看看。我们的乌鸦肯定和动物们在一起。"

查理还没来得及回答，两只乌鸦便注意到了走廊另一端偷偷摸摸的动物。那是一只从门缝里钻出来的老鼠。它从墙边的长沙发下穿过，飞快地跑向走廊深处。

"等一下！"查理呱呱叫着，"这里的人类去哪儿了？"

老鼠停了下来，看向乌鸦这边。它抬起头，用力地吸了吸鼻子，然后立刻转身钻到一盆花后面。

两只乌鸦走过去时，老鼠已经不见了。查理之声用头指了指一扇凹进去的门。查理用嘴推开门，两只鸟来到了一个昏暗的房间，满是灰尘的通风窗只能透进微弱的光线。它们身后的门咔嗒一声关上了。

是气流。查理心想，然后才意识到自己被数百只毛色发暗的老鼠包围了，它们闪闪发亮的眼睛紧盯着查理。到处都是老鼠，在满地的纸箱子中间，在架子上，甚至在墙边的管道上。

尽管和老鼠现在的领导者达成了协议，但是查理并不了解它们族群内部的动乱。年轻的老鼠组成了一个秘密社团。它们想摆脱老一辈的控制。其中一些老鼠被派到了工厂工作。这里的生存条件极其恶劣，青年老鼠组织招募到了大量成员。

它们定期在远离养殖场地的办公用品储藏室集会，探讨鼠群的管理应采取何种形式，也开始思考怎样才能夺取权力。无论如何，它们需要离开这个令人厌恶的工厂，回到自己的地盘上。但行动必须绝对保密。老鼠们采取了严格的安全措施，以确保离开工作岗位时不会被发现。就连它们进行集会的事都不能暴露。

不过它们还是被发现了，而且还是被乌鸦发现了，那可是平时使唤、虐待它们的狱卒。老鼠们从没见过这两只乌鸦，但这并不重要。这两只乌鸦绝不能离开这里并且把青年老鼠组织的秘密公之于众。这些啮齿动物什么也没说，甚至没有目光交流，就蜂拥而上，杀死了两只乌鸦。查理很快就被吞食了，甚至没有时间为自己的帝国梦想破灭而感到遗憾。

它们永远不会知道，自己在无意中杀死了乌鸦将军查理，及其被称为查理之声的伴侣。

这是个炎热的夜晚。黑暗中传来小声的牛叫、克制的象叫和低沉的嚎叫声。月亮升了起来，照亮了田野。先头部队的动物渐渐从睡觉用的垫草上起身，吃了些东西，准备向下一个目的地进发。在它们后面远远的地方，午后才到达的动物们已经睡下了。而后卫部队每天必须等数万只动物全部启程后才能出发，因此它们还没抵达休息地点。

接近午夜时，黑猩猩和山魈悄无声息地离开了。犀牛在远处睡着，谁都没有注意到队伍中少了一些动物。猛兽出发时亚当并不在场，因为它们在距离较远的队伍后方，需要穿过整片田野才能与它会合。月色很明朗，横穿田野不是什么难事。

但是它们需要一路奔跑过来，亚当希望它们抵达时不会因为奔跑而精疲力竭。另外，普罗米和斯巴达克也在那里。它们完成任务了吗？如果它们失败的话，猫科动物或许能帮黑猩猩进入发电厂，但是会困难一些。亚当摇了摇头，就好像要把这些担忧从脑海里赶出去一样，然后开始专注于眼前的任务：把犀牛和山魈带到工业区——这可不是什么容易的事。

普罗米和斯巴达克跟在罗讷河的河狸身后，沿着河岸小步快跑。另有两只美洲河狸作为使节陪在它们身边，负责协调和当地河狸的沟通。当地河狸堵住罗讷河的一条次要支流，制造了一片沼泽作为自己的居住地。在当地生态学家的保护下，它们远离了外界的动荡，很晚才觉醒。就像大部分动物一样，它们从鹭那里听说了大象的事情。

两只黑猩猩很快就让当地河狸们相信了其行动的正当性，但是后者没有深入了解细节。当地河狸只知道要把从河里抽水的大管子堵住，这对它们来说非常容易。它们只需要咬断几棵小灌木，然后黑猩猩会用铺满河岸的卵石把小灌木压实。接下来，河狸只要把这些东西放在栅栏网上，用黑猩猩从迁徙大车上拿走的大钩子把它们固定住。这一切都很简单，甚至很有趣。

河流拐弯处，沙子沿着河岸外侧堆积，形成了一片宽阔的沙滩。动物们到达沙滩尽头时，看到了发电厂冷却塔的轮廓。在满月的照耀下，冷却塔的剪影浮现在暗色的天幕下。

“看，就在那里。”普罗米指着冷却塔说。

河狸们看着它，突然开始激动地同时说话。普罗米和斯巴达克转向美洲河狸，用眼神表示了疑惑。

“它们说你们彻底疯了！那不是普通的发电厂，而是核发电厂！”

“那又怎样？”普罗米问，它没明白这有什么问题。

这群啮齿动物越来越激动地摇着头，用后脚击打着地面。

“它们拒绝按你们的要求完成任务。那太危险了。它们说，它们认识的人类生物学家经常讲起这座工厂，里面用到了极其危险的放射性物质。你们的行动可能会引起爆炸，从而导致放射性物质泄漏到环境中。它们会渗透到各个地方，水里、空气里、土地上。对数代人类和动物来说，这片地区都将是无法居住的。”

“你们确定吗？”两只黑猩猩问，它们突然为自己的无知感到害怕。

“它们非常确定，”美洲河狸说，“这座发电厂是绝对不能碰的。但是你们的朋友是不是正准备袭击这里？”

两只黑猩猩被吓破了胆，但它们完全无法阻止正在进行的行动，甚至都不知道突击队在哪里。

东边的天快亮了。亚当振作精神，依次走到每个同伴身边，提醒它们做好准备。这里有阿贝尔、露西和十几只来自两个动物园的其他雄性和雌性黑猩猩。只有佐伊拒绝前来。几天前，它就表现出了不情愿，最后恳求亚当放弃这次行动，后者当然是拒绝了。突袭成功后，它们需要进行一次严肃的谈话。

犀牛们在山魈的带领下出发了。一向多疑的迭戈拒绝让任何黑猩猩加入自己的队伍，因为它们不需要监视者。亚当看着它们离开感到有些焦虑。那只山魈在盘算什么呢？迭戈看起来非常坚定，它或许在背地里筹划着某种阴谋。

从它们的观察点来看，黑猩猩位于被橘黄色路灯照亮的工业区上方。一切都很平静。偶尔有卡车在厂棚对面的沿河快车道上飞驰而过。稍远处矗立着发电厂的高塔。警卫处的光点和背景的黑暗形成了鲜明对比。

距离河狸入水已经有一段时间了。亚当估计需要一个小时来阻断水循环、触发警报。但是警报声会传到外面吗？另外，为什么它没收到犀牛那边的消息？推倒几座天线塔应该也会引起一些反应。目前，它看不出任何行动开展的迹象。虽然它们的进攻地点要远一些，但是它早就应该看到一些亮光，或者看到某片街区突然陷入黑暗，或者至少听到远处警笛的呼啸声。亚当失去了耐心。山魈怎么还没开始行动?

现在天亮得很快。突然，亚当看到了让它稍感安心的一幕。一群鸟从地面飞到了空中。乌鸦发动进攻了！它们要么是等得不耐烦了，要么是收到了被亚当忽略的信号。无论如何，它们信守了诺言。从越飞越高、冲向四面八方的鸟群来看，它们的大军有数千只，甚至数万只。

但它们看上去并不像一支军队。亚当再次开始担忧。被乌鸦招募的椋鸟并没有有序地冲向建筑物。相反，它们分散成了一群一群的，沿着毫无逻辑的怪异路径在空中盘旋。另外一些更大的鸟可能就是乌鸦，它们呱呱叫着跟在椋鸟身后。在破晓的沉静中，亚当可以清楚地听到它们的声音。查理的军队好像遇到了突发状况。亚当被吓坏了。就连乌鸦都是不可信的！山魈那边还是没有消息。它不能再等下去了。它得过去。在下面，它们肯定有办法进入发电厂。

它正准备发出进攻信号时，忽然听到一声虎啸。但是老虎们不应该来这里和它们会合。它们应该在下面的警卫处附近会师。亚当怒气冲冲地转过身，想要命令它们遵守行动计划。一瞬间，它后背的毛全都竖了起来，它不由自主地发出一声惊恐的嚎叫。黑猩猩们被猛兽彻底包围了！亚当看到猛兽的眼睛在黑暗中闪闪发光，清楚地嗅到了它们刺鼻的气味。它一想到被那些獠牙和利爪撕碎的画面，就不寒而栗。

察觉到了危险，突击队的黑猩猩一齐转身，跪在地上，向猛兽们亮出后背。这是表示臣服的姿势，每当它们感到威胁时，都会这么做。亚当克服了恐惧，重新振作起来，就像在探讨队伍组织问题一样，用生硬的语气问：“你们为什么没有坚守自己的阵地？如果我们一起过去的话，行动就不能按计划进行了。”

事实上，它也知道，如此多的猛兽出现在这里是反常的。它的整个计划都泡汤了，没有任何步骤被落实。老虎的回答验证了它最担心的事：“一切都结束了，亚当。我们不是来帮你的，而是来阻止计划实施的。你不仅完全没明白迁徙途中把我们团结在一起的原因，而且试图破坏我们过上自由生活的唯一希望。我们和队伍里的年轻人谈过了……”

“又是人类！你们只会说这个，”亚当恼怒地喊，“你们应该……”

“闭嘴！”老虎咆哮道，其他匍匐在地的黑猩猩都吓坏了，“在佐伊的帮助下，我们给过你放弃这种自杀式行动的机会。它尝试过和你讲道理，但你就是听不进去。你想要引爆一座核电站，这真是一个充满罪恶、极其可怕的想法。这个行动将会造成数以万计的人类和动物在痛苦中死去。你考虑过接下来会发生什么吗？”

“我们这些动物会……”亚当试图回答，但是它的声音被狮子的咆哮盖过了。

“我们这些动物……”老虎嘲弄地模仿着它，然后继续激动地说，“我们会被追捕，很快就会被送回原来的牢笼，甚至可能会被屠杀。你真的认为人类不会采取行动吗？我们会失去一切，一切！”

这只大型猫科动物不再说话，这种惨烈的前景令它痛苦难耐。一只母狮子接过话头：“你想过那些帮助过我们的人吗？确实有一些人是怀有敌意的，但并不是所有人都这样。”

亚当最后一次试图反抗：“我不是孤军作战。我的朋友们……”

“别指望它们了，”那只老虎再次打断它的话，“我们抓住了山魈。它们比你还要不讲道理，但是没有你这么顽固。至于犀牛，它们什么也没弄明白，甚至没有提出反对就按我们说的做了。”

亚当意识到它不得不放弃计划。它试图保留最后一丝权力：“我失败了，我接受后果。但是我的朋友们，黑猩猩和山魈，和这件事无关。责任全在我。”

“这件事你说了不算，”母狮子低沉地说，“它们自己选择了追随你，因此也要承担相应后果，只是你负有主要责任。等我们建立了动物共和国，你和你的朋友们将被审判，法庭会决定你的命运。在此之前，你们会在密切监视下完成迁徙。你应该庆幸没能实施你的计划，所以我们现在不必把你交给人类。佐伊似乎认为你实际比看上去要好。我们会再观察一下你们。”

大型猫科动物环绕在这一小群黑猩猩周围，毫不留情地把它们赶向大部队。

第四章 八 月

《觉醒新闻》博客 8 月 5 日

国防部发言人称，海军航空部队开展了“针对生物威胁的安全行动”。这一语义含糊的术语其实是指“虎鲸对抗行动”。菲勒沙尔海军上将证实，戴高乐二号航空母舰平安地穿越了大西洋，甚至驱散了一群有威胁的鲸类。据匿名消息，事实是，虎鲸在军方开枪前就潜入了水中，而且海鸥对舰载飞机的起飞造成了干扰。

针对这一行动，动物解放团体的活动分子呼吁“觉醒鲸类应被赋予和人类同等的尊重”以及“关于其领地的开发应纳入完善且正式的条约中”。

瞧，它现在又回到了一座岛上！离开群岛动物园，组织全法国动物园的动物，徒步横穿法国，这一切最终结束于这座荒凉的小岛上。这就是它所有付出的回报。亚当咒骂着，虽然它知道这都是自作自受。猛兽们把它监禁在三角洲的一片沙洲上。由于这里最近才开始种植植物，上面只有一些小灌木，能够为亚当提供一点儿阴凉，但是没法帮它逃跑。

实际上，它并不打算逃跑。那只是没有实际意义的空想罢了。就算逃离小岛，它又能怎么办呢？离开动物共和国？然后去哪里、做什么呢？正如其他动物一样，共和国是它未来的唯一指望。它犯了错，但是谁又没犯过错呢？

亚当陷入沉思，它要开始构思在动物法庭上的辩护词了。唯一的，也是最要紧的问题是，这个机构还不存在！在大象们成立法庭并且制定运行规则之前，还有很多其他问题要解决。

顺着这一想法，它又想到了自己的另一个错误，即判断失误。兽群的目的地并非一片未经开发的土地，因此它不能像在大迁徙过程中那样继续指挥行动。它原本计划将自己打造成唯一能确保动物共和国安宁和稳定的救世主形象。但它们抵达的这片土地和平安定，并不需要救世主，所以就算没有立刻被监禁在小岛上，它的计划也会失败。

索菲和它的小团体没有征求其他动物的意见，就包办了一切！但是这只黑猩猩不得不承认，大象把事情处理得很好。

当动物们进入象征着未来家园的高草草原时，它们发现这里的组织模式无可挑剔。东道主把它们按物种进行了划分，并且说明这种安排只是暂时的，之后可以再做调整。在一个月的迁徙过程中，动物们总是要自己做决定，它们很高兴现在有组织者帮忙料理好了一切，因此满心欢喜地接受了安排。

普罗米、阿贝尔、露西、斯巴达克，所有在行动中被当场抓捕的黑猩猩被集中在一个更大的岛上。纳里奥很聪明，并没有被追究责任。亚当怀疑它想代替自己成为黑猩猩族群的领袖。它并不因此感到气愤，因为它有更远大的追求——换句话说，它曾经有更远大的追求。在被放逐前……在这场灾难前。但是它也在扪心自问：或许猛兽们这么做是有道理的？或许它们避免了一场真正的灾难？是否它的整个战略本身就是不祥的且注定会失败？它需要和佐伊讨论一下，后者显然是可以自由行动的。

佐伊！尽管它的所作所为导致行动失败，但是亚当并不怨恨它。佐伊时不时地会来看望它，并且向它解释了自己的动机。它只是扮演了一贯的调解者角色，缓和了事态，而非激化矛盾。矮黑猩猩的制度是不是有其合理性呢？雌性可能扮演着重要的角色。如果将目光拓展到黑猩猩以外的群体，它必须承认，雌性动物的存在感很强，而且很能干——索菲自然不用说了，还有佐伊提起过的、抓住它的那只母狮子。它叫什么来着？啊对，瓦拉芭。显然，它想要在共和国中担任职务。但是它怎么保证羚羊和斑马会为自己投票呢？据佐伊说，猛兽在犬类袭击时的所作所为让食草动物相信了它们的善意。

孤独促进了亚当的思考，它开始质疑自己当初分隔物种的预防措施是否合理。它应该和人类饲养的鹦鹉蒙田探讨一下这个问题，佐伊一直极力称赞这只鹦鹉。

一根树干横在路中间，一群水牛在那里负责看守。出租车停了下来，司机转向乘客们：“我不能再往前开了。我不想找麻烦。”

保罗·杰弗森想念他的两名手下，他们绝不会被一段木头和几只水牛拦住。好吧……他想念的是不幸的比尔，而不是那个和劳拉·古皮私奔的叛徒加里。他们现在在哪里？或许豹惠知道？

豹惠从车上下来，告诉司机在原地等候。她对水牛们说：“我叫豹惠，是沃夫公司董事长保罗·杰弗森先生的助理。老虎们认识我。我和它们约好了要见面。”

她美化了一下现实。她并没有任何预约，因为除非通过动物解放团体从中协调，否则她根本无法和动物们取得联系，而她又无法利用这一渠道。但是上一次在迁徙途中的会面时说好了，她会再来拜访。

一只水牛哞哞叫着，或吼着。她不知道该怎么形容这种声音，也不知道它在说什么——前提是它真的“说”了什么。豹惠还是更喜欢猫科动物，它们更高雅。一只灰鹦鹉落在她旁边的树干上。这是劳拉·古皮养的那只吗？她不确定。但是相比牛，鸟有一个优点，那就是可以直接和它交流：“它让您在这里等一下。它去找个负责人过来。”

豹惠暗自嘲讽，它们的共和国还没建立起来就已经有官僚作风了。

“我叫亚历克斯，是您的翻译。”那只鹦鹉再次开口。

司机在更远的阴凉处把车停好了。保罗·杰弗森没有留意刚刚的对话，他走过来：“怎么样？我们能和猛兽见面吗？”

“应该可以，但是您真的要和我一起去吗？对您来说可能会很危险。”豹惠下意识地摸了摸自己被美洲狮的利爪挠伤的脸颊。

“我不害怕食肉动物。您知道我名字的含义吗？我应该没讲起过。我的祖先是挪威人，在挪威语中，‘杰弗森’的意思是‘狼獾’。法语里叫‘美洲獾’，对吧？一种小型食肉动物，但是因为生性凶猛，就连熊见了都要绕着走。”

“‘美洲獾’是魁北克的说法。在法国叫‘貂熊[①]’。”豹惠回答。她觉得这个名字非常适合她的老板，因为他对金钱的胃口就像无底洞一样。

几分钟后，水牛带着一只老虎和两匹马回来了。老虎发出一阵有节奏的咆哮。

“它让你们跟它走，去见食肉动物。”鹦鹉说。

两匹马配了马鞍。杰弗森和豹惠骑上马出发了，把共和国的守卫和出租车司机留在了身后。在大约一小时的旅途中，他们遇到了大量不认识的动物。到处都能听到动物小组发出的奇怪声响，它们显然在热烈讨论。一些物种站着围成一圈，所有参与者都面向中心。另一些更年轻的动物在草地上相互推搡着发出愉快的叫声。大象在搬运树干和木板，就像在开展建设工程一样。

鹦鹉飞在他们前面。杰弗森是骑马爱好者，他试图和这两匹马交流，但是对方一声不吭，就像那只老虎一样。终于，

① 貂熊在法语中还有“贪吃者”的意思。

这支小队到达了河流的一条分支附近。一群黑猩猩在对岸的小岛上观察着它们。但是真正的壮观场面是猛兽们聚集在一起。豹惠总算可以在阳光下好好打量它们了。在老虎和狮子当中，她注意到有一只白虎和一只稀有的雪豹。

两个人类下了马，两匹马头也不回地走远了。一只老虎和一只母狮子走过来。豹惠想，前一次会面时自己可能就是和它们对话的。母狮子说话时，鹦鹉进行了同声传译："我们就你们的提案展开了讨论。我们对未觉醒的动物很感兴趣，但是仅此而已。我们不会提供回报。我们也考虑了第二条关于统治阶级的建议。我们和大象说起了这个，我们都笑了，你们没有理解我们的愿景。"

"这当然由你们来决定。"豹惠感到交谈并不顺利。

"没错。我们还向了解你们企业的人类咨询了沃夫公司的事。具体来说，是问了劳拉・古皮和她的朋友们。"

"他们肯定把我们描述得非常可怕，但那都是谎言。"保罗・杰弗森断言。

"我们从诚实的奶牛那里获得了详细的描述。它们是从一家奇怪的工厂化农场直接过来的。我没太明白那段关于老鼠和乌鸦的故事。"

"那劳拉・古皮呢？你们把她……你们履行了协议吗？"

豹惠忍不住喊道。

“什么协议？”老虎问，“你们承诺的未觉醒牛羊在哪里？”

“我们还没时间把它们组织起来，但是你们很快就可以收到，我会亲自负责这件事。”杰弗森插话。

“很好，我们相信你。我们会把你送到入口。但是为了确保你不会食言，我们要把你的助理留下。别担心，她会受到很好的接待。豹子会负责这件事。”

加里和克莱芒把一块长木板按在两截圆木上，加布里埃尔在满头大汗地把它锯开。阿莉雅和劳拉把另一块木板钉在底座上。

“我们应该合理分配工作，”阿莉雅说，“要不然得花好几个月的时间！”

“并不是所有动物都需要住房，”劳拉回答，“只有那些最脆弱的需要。”

“我提议休息一会儿，”克莱芒说，“真的太热了。”

这个建议受到了所有人的欢迎。他们立刻放下工具，走到一棵大树怡人的阴影里。克莱芒前一天晚上去了动物解放团体的基地，从那里带来了一些物资。他把装了冰水的水壶分给大家，然后笑着看向他的朋友加布里埃尔：“作为一个对动物不感兴趣的人，你倒是在很积极地帮它们建造村庄！”

“你明知道我并不是完全不关心。就像你们一样，我之前也觉得它们的生活环境不够人性化……也就是说不够适宜。而且我很喜欢它们……出现在我的盘子里！”加布里埃尔笑着补充道，他知道这一定会让朋友们出言反驳。

阿莉雅并不想回应他的挑衅。是克莱芒接过了话头：“你总是拒绝改变！你认为人类不会停止杀害动物。如果我们不再吃肉，它们就能过上平静的生活。”

加布里埃尔突然想抛开揶揄，阐明自己的真实想法：“事情没有这么简单。就算我们不再吃肉，动物的处境也未必会改善。”

“我不明白。”阿莉雅说。

“我们的存在就会导致动物的灭亡。哪怕不直接杀死它们，我们也在阻碍动物的生存。”

“你在开玩笑！”

“并没有，我是非常认真的。就连最严格的素食主义者都在导致动物灭亡，当然不是直接的，而是间接的。素食主义者为了填饱肚子，需要种植作物。而为了获得必要的农田，他们会摧毁森林、沼泽和大量其他生态系统。”

“你的意思是，人类夺取了动物的生存空间？”

“是的，就算全球人口减少，或者人类降低食物消耗，人类也总是占据着很多动物生存的空间。”

阿莉雅不太明白加布里埃尔到底想说什么。看起来他并不是站在动物一边反对人类：“那在你看来，问题在于我们自身的存在？”

“当然不是，我只是想说明，人类并不能因为不杀动物就认为自己是无辜的。但这并不让我困扰。人类的存在和海豚、熊猫、蚯蚓的存在是同等合理的。就像它们，我们人类在自己的星球上也有一席之地。但是应该承认，我们的存在会限制它们的生存。就是这样。”

“这是彻头彻尾的自私！”阿莉雅说。

“如果其他动物有办法的话，它们也会和我们做出同样的事情。所有物种都想发展自身，并且在必要时牺牲其他物种，就像我们的祖先开发地球时一样。而我们也在继续这么做，只不过有些过度开发。我们消灭了太多的动物，甚至威胁到了自身的生存。”

“好吧，”克莱芒说，“从生态角度，我同意你说的，但是我不认为这和吃肉有什么关系。”

“事关生存空间时，我们表现得和动物一样。但是我们在动物世界中扮演着更重要的角色。还记得我们关于食肉动物的讨论吗？如果没有猎物和捕食者的多样性，就不会有进化，我们也就不会出现在这里了。我们就是捕食者和被捕食者的历史产物。我不明白我们为什么要否定自己的出身。我们可以选择不食用动物，但并非因为捕食本身是不道德的。”

“人可以不吃肉！”克莱芒说。

“是的，如果一个人不喜欢吃或者不愿意杀生，他可以不吃。但杀掉一只动物并且吃掉它，这也是参与生与死的大循环。我所说的并不是毫无节制地吃肉，那显然是一种浪费。我认为应该减少肉类食用，但没有必要彻底摒弃肉类。当然，人们也没有理由强迫自己吃肉。”加布里埃尔从来没说过这么多话。他因筋疲力尽而停止了发言。但是看到阿莉雅若有所思的神情，他觉得尽管对方并不认同，自己说的可能还是有些影响的。

除了吃和睡，这些完成了迁徙的动物不分地点和时间地讨论着。话题涉及各个领域，从将来集会的组织到穿山甲的饮食，从猿类内部的混乱到住所的建造。很快，最有政治头脑的动物们养成了在一棵高大的法国梧桐下集会的习惯，硕大的枝叶形成了一片宽阔的绿色穹顶。

很多大象都出席了集会，其中包括最初来自公园的那一批，也包括刚刚抵达的那些。佐伊和纳里奥是黑猩猩的代表。到场的还有白狼及其配偶、狮子、老虎、水牛，另有一些小型动物，它们并不认为体形是衡量决策力的重要标准。

一如既往，与人类的关系是饱受争议的话题。当天的辩论主题是黑猩猩失败的计划。一只熊对没能落实行动表示遗憾。

“如果我们想重获所需的空间，就应该把土地夺回来。我们在美洲的亲戚就是这么做的！”

“人类不会放任我们这么做的，他们有办法应对。”一只老虎回答，“如果他们感到威胁，就会猛烈反击。”

“但是也有很多人支持我们！”

“如果威胁到这些人的利益，他们也会放弃我们的。我们不能仓促行动。我们的数量还不够庞大。”

白狼插话道：“我们应该吸纳更多家畜。猪、奶牛、羊都可以在这里获得一席之地。我知道有些动物会对此感到震惊，但是我认为应该和狗结盟，不是那些与我们为敌的，而是其他狗。”

这个建议引起了一片抗议声。作为这场会议的主持者，佐伊开口了：“我们知道物种并不能决定一切。我明白这一点（集会现场响起一阵赞同的低语），但是现在讨论狗的问题为时尚早。在考虑扩张之前，我们首先要解决现有动物的食物问题。接下来，我把发言权交给瓦拉芭。在这个问题上，它进行了充分的思考。”

佐伊很了解这只母狮子。佐伊不像亚当那样屈服于先天的物种恐惧，这只雌性黑猩猩在迁徙途中和瓦拉芭见了几次面。正是在接近瓦拉芭的过程中，佐伊决定阻止它的朋友进行那一荒唐计划。它们经常探讨食物问题，这对于动物共和国的建立至关重要。

母狮子面向所有与会者：“正如你们所知，我们食肉动物不再捕食已觉醒的动物。目前人类在为我们提供食物，但这不是长久之计。我们不能，也不应该指望他们。”

“那你有什么建议呢？”黑猩猩纳里奥问，它也希望猛兽们不要被周围所有潜在的猎物诱惑，“你们会改变饮食习惯吗？”

“我绝不会吃草！”一只老虎吼道，“我可不是羊！”

“你觉得自己比反刍动物更高贵吗？”一只水牛恼怒

地问。

“当然，我不是针对你，但是我承认很难把觉醒的羊看作平等的生物。我得花些时间适应这种观点。至于未觉醒的羊，它们在我眼中只是食物而已。”

“没错，”瓦拉芭加入了对话，抓住时机夺回了发言权，“我们很快就会获得一群未觉醒的奶牛和母羊，它们将属于所有的食肉动物。”

“属于……”大象索菲开口，“你们是想随意食用它们吗？”

“不，是我表达有误，我们会圈养它们。”母狮子回答，“牛羊的消耗会被严格控制，以免吃完。但这还不够，所以我有另一个提议。我们不能吃草，但是可以把现在吃的红肉换成鱼、贝类或昆虫，这些动物从来不会觉醒。同样地，我们应该养殖这些动物，以便生产足够的数量。”

“你们根本来不及发展这些养殖，”一只牛羚喊道，“这意味着你们早晚会攻击觉醒动物，或者你们得长期依赖人类供应的食物。”

“我们并不是唯一的问题源头，”老虎反驳道，“如果没有人吃你们，你们又繁衍了那么多后代，数量很快会过于庞大，这里的草就不够吃了。”

“别想管制我们，”牛羚说，“我们想生多少就生多少。”

“我们也一样。”老虎冷冷地回答。

索菲叹了口气。讨论中提出了一些值得关注的问题，但是再一次，它们继续这样跑题，直到饥饿让与会者不得不停下来。

劳拉和阿莉雅沿着一片由稻田改造成的草场走着。蒙田在她们上方飞行。糖糖这次蹦蹦跳跳地走在她们旁边，高草扎得它肚子发痒。她们要去找男孩们，然后一起去见索菲。索菲派来一只鹦鹉向他们发出了邀请。

这条路要穿过一片低矮的柳树丛。糖糖在小路上快步跑着，领先了两个女孩几米，突然，它看向左边，接着就一动不动地呆住了。劳拉和阿莉雅走过去，发现了猫警觉的原因。一群狼正卧在草地上休息。其中两匹站起来，走上前来。一匹是高大且消瘦的灰狼，另一匹是白色的。它们看起来没有敌意。

“我们见过面。”劳拉认出了它们。

白狼低沉地嚎叫了一声作为回答，劳拉给阿莉雅翻译道：“它在向我们打招呼。”

“这是一只母狼。”糖糖抬起鼻子插嘴道。

“自从去年开始，很多事情都改变了。”劳拉再次开口。

“是的，”白狼回答，“我想借这个机会代表我的族群向您表示抱歉。我们听说了您为我们所做的一切。谢谢，劳拉·古皮。”

蒙田替劳拉进行翻译。劳拉感动得说不出话来。母狼直视着她的双眼。它的态度表现出了充满赞赏的敬意，以及作为有自主权的觉醒动物的骄傲。

几分钟后，阿莉雅和劳拉与同伴们会合了，后者在把树枝屋顶安装到一座简易住房上。大象在稍远处一棵巨大的法国梧桐下，平时它们就在这棵树下集会。索菲热情地感谢了年轻人们提供的所有帮助，然后进入了本次会面的主题：“我很抱歉这么突然地告知，但是你们不能再继续留在这里了。现在我们对你们所做的一切表示感谢和尊重。但是你们如果继续留在这里，很快就会被怀疑意图干预我们的内部事务。我们得恢复没有人类干扰的正常生活。之后等情况稳定下来，你们会再次受到欢迎。”

克莱芒对大象的要求并不吃惊，反正他也打算离开了，但是劳拉看起来非常震惊，几乎要哭出来了。

“这不可能！你们需要帮助。我可以……”

“我们确实需要帮助，”大象打断道，“我也希望你们继续帮助我们，不过是从外部，而不是在我们的领地上。你们在外面能发挥的作用更大。”

“我明白，”克莱芒说，“我们会继续提供食物，就像在大迁徙期间一样。我已经和佐伊一起解决了相关的运作问题。”

“谢谢，至少在最开始的几年里，这是必要的。”索菲回答，“然后我们应该会达成一定程度的自治。但是我们的存在还涉及一些法律和政治问题，在这些方面，我们需要尽可能获得人类的帮助！”

“我们都会想办法的。”阿莉雅说，她用眼神寻求朋友们的认同。

“这里的一切都亟待建设。”象群族长索菲总结道，它深知自己肩负的责任，并决心让共和国走上正轨，或至少是走上属于动物的轨道。

失去了将军的乌鸦大军分崩离析，完全无法控制大批椋鸟。当初招募它们是为了实现查理的计划。在它们老家的公园里，乌鸦部落只剩几百只被迫抚育未来士兵的雌性乌鸦。情况很快就恶化了。一直以来被限制在条约划定区域内的海鸥感觉到了形势的变化。在一次突袭中，它们驱逐了乌鸦，并且吃掉了它们的蛋和雏鸟。海鸥没有乌鸦的野心，任由航空运输恢复了运营。将来肯定还会出现其他“查理”，但至少在一段时间里，这个国家不用担心动物夺权的威胁了。

尽管商业航班的恢复缓解了国家的经济压力，但是并没有解决养殖场的觉醒动物问题和鲸类对航海业日益增长的压力。至于宠物的觉醒，其影响更多的是在心理层面，虽然被主人遗弃的成群猫狗也造成了一些破坏。

在农业之外，其他行业也受到了影响，但有时觉醒也会起到积极作用。动物生态学专家受到了严重冲击，因为觉醒推翻了他们所有关于动物行为的研究成果，除非他们的研究对象是蜜蜂、鱼或其他对觉醒病毒免疫的物种。但其中一些研究者顺应形势，转而为面临宠物觉醒的人类提供心理咨询服务。同样，兽医也得为新的客户群体调整接诊方式。

赛马场的马基本还在继续练习马术，但是也有一点儿小小的改变。从现在开始，是它们给人类上课了。同样地，它们同意继续参加比赛，前提是不会遭到虐待，并且要和骑师平分奖励，同时自己也有资格下注。效仿着这些马的行为，猎狗也参与到了跑狗场的组织当中。

小疙瘩和夜帝领导的自由之犬和其他一些犬类组织开始探索新的道路，以便为被主人遗弃的动物找到未来归宿。电影业和体育界吸引了很多狗，它们通过被雇用来完成一些工作，警察、军队和海关总是欢迎它们的，另外它们也可以为病人和残疾人提供帮助。

尽管取得了一些进展，正在遭受严重经济危机的人类整体还是持消极态度。但是，国民议会首次涉及了养殖和民航之外的议题。议员们决定就众所周知的动物共和国展开讨论，上个月该共和国引发了舆论的广泛关注。

“共和国”这一指代对大部分议员而言都是不可接受的，他们不可能为此割裂国土，但是可以赋予动物们在这片荒凉地区的居住权。如果动物们获得了很多人类的支持，这些支持者可以帮它们租下这片土地，使这些动物成为这片土地的合法的拥有者。如果这些支持只是暂时的，那只需要静待所谓的动物共和国解体。

保罗·杰弗森在出租车后排座位上读着拉缪罗最新的报告。这位总经理给他送来了五十多只未觉醒的奶牛，作为豹惠的赎金。杰弗森对于是否要履行承诺有些犹豫，但他确实需要这位助手。他甚至希望豹惠很好地适应了在动物共和国的被迫滞留。尽管事情没有像预期的那样发展，但是这笔交易可能会成为有成果的商业关系的开端。他有这样的期待是因为示范农场那边的乌鸦或老鼠好像出了问题，或者二者都出了问题，目前的报告在这一点上还不明确。拉缪罗认为这只是一个小细节，但是杰弗森觉得问题要更严重，他的直觉很少出错。

他前面那辆载运牲口的卡车停了下来。他们到达了动物们设置的路障处。在两只可能已经觉醒的狗的帮助下，卡车司机让奶牛一只一只地下了车。这些狗可以替代猪，甚至管理那群猪，杰弗森一边这么想着，一边决定要和豹惠商量一下这件事。但是现在他该履行自己的承诺了。杰弗森下了车，走到牛群的前面。

“奶牛已经如约送到了，你们现在可以释放豹惠小姐了。”他向看守入口的水牛宣布，“如果你们愿意，我们可以开始讨论相关条款……”

他的话被未觉醒奶牛发出的一阵哞哞的叫声打断了。一只水牛也哞哞叫了起来，接着收到了奶牛的回应。杰弗森感到惊讶，这两只动物看起来像在对话，但奶牛没有觉醒，按理说这根本不可能。除非……

“你想骗我们！这些奶牛觉醒了。这和约定好的不一样！”鹦鹉翻译喊道。

“或许那一只是觉醒了的，这问题不大。”杰弗森回答，“你们知道，有时候很难区分这些奶牛。”他的后半句话又被哞哞的叫声盖过了，这次是整个牛群发出来的。不，里面有好几只已觉醒的奶牛，它们甚至可能都觉醒了。拉缪罗怎么能犯这种错误？那些猪！这是猪干的好事。他就不应该相信那群蹄子上都是泥、卑躬屈膝的动物……

“我会把这个小问题处理好的。”杰弗森对鹦鹉说。面对逼近的水牛，他低着头连连后退，但是太迟了。他回过头，发现退路已经被一群灵长类动物堵住了，它们露出了可怖的尖牙。出租车和卡车都消失了。他们或许在更远的地方等他，但是杰弗森没有看到。如果这时给司机打电话，很可能会激怒动物们。他面向水牛，大喊道：“你们这样会犯下可怕的错误！”

他想要进行商量，哄骗这些动物。它们应该会为有吸引力的条件动心。但是要开出什么样的条件？又该向谁提出呢？他不知道这里的负责人是谁。是鹦鹉、水牛还是灵长类动物？他试图和奶牛沟通：“我没有恶意，是它们想要吃掉你们！我的意思是，如果你们没有觉醒的话。现在，你们没有任何危险了，我保证，我甚至可以为你们提供……”

一只奶牛发出断断续续的哞哞声，就好像在嘲笑他一样。杰弗森感到一阵恐慌：他是会被撞死、被咬破喉咙还是被吃掉呢？但是这恐惧很快就消散了，因为这些动物并没有表现出攻击性。它们只是包围了他，把他赶向领地内部。这次没有马匹供他乘坐。保罗·杰弗森步行着，有些担心等待着自己的命运。但是既然他还活着，或许还有转机。押送他的动物队列越来越壮大，各种动物都加入了进来。一路上，杰弗森都能听到它们的低语声。

他终于走到了水色泛黄的河边。这和他第一次拜访的不是同一个地方，因为河岸远处有两座小岛，而非一座。在其中一座岛上，可以看到荆棘中有一个用树枝搭建的茅屋，上面盖满了成捆的干草。一点儿动静吸引了他的注意力。是豹惠。看到老板没能如约带来牛羊群，她立刻明白他失败了。动物群中确实有几只奶牛，但都觉醒了，毫无畏惧地和其他动物并排走着。

一只老虎走近杰弗森，用头把他推向水边漂浮的木筏上。老虎发出平静的吼叫声，它的言语听起来不容置疑。虽然不明白具体意思，但是杰弗森意识到这是自己经常在经理们面前使用的声调。

“你要和你的助手团聚了。我们之后会决定你们的命运。”鹦鹉翻译道。

面对四周低声咆哮的豹子，杰弗森不得不服从。他小心地登上木筏，试图避免弄脏鞋子和裤子。两只老虎跳进水里，把木筏推到小岛边，然后命令杰弗森下了木筏。

让他大为惊讶的是，豹惠虽然态度冷淡地接待了他，但是没有像他想象的那样，因他的失败而愤怒。

“很遗憾您没成功，但这只是个意外。”豹惠没有浪费时间寒暄，而是直接对他说道，“我用猿类的语言和被关在旁边岛上的一只黑猩猩进行了沟通。我们还不能很顺畅地交流，但是有所进展。它可能很快就会被释放，而且可能对我们的计划有兴趣。”

杰弗森脸上浮现出一抹苍白的笑容。她没丢掉自己的本事，他暗想。

“你们知道吗？距离觉醒病毒爆发已经过去了整整五百五十五天！”加布里埃尔喊道。他突然有点儿犹豫，又开始重新计算，然后补充道：“大概。”

“所以呢？”克莱芒问。

“没什么。我觉得一切都像是昨天才发生的……”

和朋友们一样，加布里埃尔准备离开他们一个月前刚到卡马尔格时布置的营地了。把东西草草塞进背包时，他百感交集，试图分散自己的注意力。他们马上就要恢复正常的人类生活，但是他已经开始怀念动物社会的刺激了。让加布里埃尔感到宽慰的是，劳拉也终于决定离开了。

克莱芒试图活跃气氛：“我从阿蒂尔那里听说了关于小疙瘩的消息。它很遗憾不能到这里来，但是也明白共和国至少目前还不欢迎犬类。更何况它和夜帝有很多工作！”

宾果大军的一些幸存者渐渐回归了自己原来的街区，希望在那里舔舐伤口，并规划一个更加平淡且和平的全新未来。它们并没有被另一位弄权者纳入麾下。小疙瘩和夜帝接纳了战争的幸存者，增强了自由之犬的力量。这些投诚者摒弃了宾果向它们灌输的所有观念，兢兢业业地教导小狗关于它们过去的盲从导致的灾难性后果。

年轻人们离开了，但是他们的动物朋友决定留在这里。糖糖想要见证动物共和国创立的全过程，甚至想要参与其中。至少当别人问起时，这是它给出的官方理由。但它还有另一重动机。它很高兴再见到索菲、达尔文、贝格和其他来自公园的大象。它喜欢大象奇特的容貌和深邃的思想。它喜欢趴在地上感受大象们对话的声波引起的大地的振动。

尽管蒙田对地面振动没有那么敏感，它也决定在逐渐建立起来的共和国中住一段时间。它花了大量时间和所有动物交谈，其中既有愿意跟着集体迁徙的无名动物，也有脱离大部队的知名动物。

“我去拜访了亚当。我们头一次进行了交流。这个小伙子很有想法，只是需要再成熟一些。它从岛上出来以后需要被监督，但是未来肯定会有一番作为！”

“我会想你的，”阿莉雅亲热地挠着它的头顶喊道，“我希望你会把这里发生的事情都讲给我！”

“是的，”加布里埃尔说，“我很希望时不时地听到猎物和捕猎者、瞪羚和猎豹的消息，还有其他所有动物，黑猩猩、熊、鹦鹉……”

“没有比多样性更具有普遍性的性质了！”灰鹦鹉回答。

蒙田使用了它钟爱的郑重语气。来自加蓬的灰鹦鹉已经觉醒了五百五十四天，还是热衷于引用它最喜欢的哲学家的名言。

致　谢

感谢安托万的建议，还有宝拉和卡罗琳娜的鼓励和耐心！